GOBOOKS
& SITAK
GROUP©

三日月書版

符與青狐
ジュジュツと
アオイキツネ
中
著 散狐
畫 雨野
三日月書版
輕世代 FW359
Charm & Teal Fox

符與青狐
ジュジュツとアオイキツネ

目錄

Character File
ジュジュツと
アオイキツネ
衛青雪
衛青雪
冷淡孤僻的狐妖少女、夜狐一族的殘支，偽裝成普通學生混居於人類世界。
妖化時，瞳孔會轉為青色，並長出狐耳和尾巴。
我的身份、還有進入高中的原因，
都不能告訴你，但我能保證不會傷害任何人。

Character File
ジュジュツと
アオイキツネ
楊萬里
楊萬里
青雪的同班同學，家族世代守護這方土地。
溫和穩重、觀察力敏銳，雖然總是背著木刀，但參加的是籃球校隊。
如果妳有可能危害到其他人的安全，
我就不能坐視不管。

序幕

窗外的蟬聲唧唧，老式和室的竹蓆上端坐著一對年輕男女，一位看起來精明睿智的老人，則隔著茶几盤坐在他們對面。

老人輕搖摺扇，露出笑咪咪的慈和表情，即使歲月不留情地在臉上留下痕跡，他年輕時曾有的俊朗風采，卻仍依稀殘留在眉宇間。

而夫妻般依偎在一起的男女，則有著相似的黑髮黑眼，以及東方人特有的細長雙目。女人的肚腹隆起，貌似懷有身孕。

男人輕輕將雙手搭在妻子肩上，平淡地微笑。

「百里兄，我們大概多久沒見了？」黑髮男人摟住身邊的女子，俊目流轉。

老人同樣展開微笑。

眼前的這對男女不僅年輕，外貌也相當出眾，除此之外周身還隱隱散發著一股力量。

那是非人的氣味。

夫妻倆的影子，順著拉門外灑落的月光悄悄拉長，在人形與狐形間轉變。

瞥了眼門廊下的異動，老人笑呵呵地舉起摺扇掩住嘴角。

「我也忘了，大約二十年？你們妖怪的時間概念和我們可不一樣。」

「好久沒見，我們都變了。」男人有點感慨，望著百里臉上那飽經風霜的皺紋。

「不，是我老了，你可是從我們認識以來都沒變呢。這次見面居然連老婆都娶了，恭喜恭喜，預計什麼時候生產啊？」百里維持著從年輕以來一貫的輕鬆態度，望了望女子那挺起的大肚子。

「大約兩個月後吧？我們這族並不常生產，所以這種事情拿不了準。」女子語氣溫柔地回答，緩緩攬住丈夫的手臂。

「總之，百里兄，我們今天前來是有一事相託。」男人不再說笑，換上嚴肅的表情。

老人見狀也將笑容收起，緩緩放下摺扇。

「十六年後，我們可能得拜託你一件事。」

「十六年後？」百里愣了愣，不禁有些傻眼，「兄弟，那時我搞不好早就死了。」

確實，就算百里在人類中已經算是身體健朗的一群，但畢竟年事已高，要他當場保證自己十六年後還能活跳跳地幫忙，實在沒把握。

「總有辦法的，我相信百里兄有手段。」

「你總是這麼說……」老人無可奈何地聳聳肩。

和幾十年前的老友重聚，讓他不禁想起年少輕狂的自己，那個遇事就先誇下海口的年輕楊百里，的確常把「總有辦法的」掛在嘴邊。

只不過經過歲月的洗滌，他早已沉穩許多，更別提數十年後，見到依然保持年輕的老友，老人內心的感慨實在難以筆墨形容。

但這句話，確實喚醒了他記憶深處那個遇事不求精密計算的年輕小伙子。

老人瀟灑地一擺摺扇，眉角輕挑。

「說吧，要我幫什麼忙？」

「就是……」

老人在聽完男子的請託後，透出吃驚的神色，這對清心養息多年的他來說可不常見。

「拜託你了，百里兄，我們也是別無選擇。」男子苦笑道，一邊的黑髮女子靜靜低下頭。

「我了解了，那就十六年後再說吧。」老人沉吟著陷入思考。

看來自己身後事的安排，必須更審慎一些了，畢竟要他保證再活個十六年，還真是有點強人所難。

「對了，我聽說百里兄的孫子不久前出生了？是男孩還是女孩？」

聽到男子提起自家孫輩，百里立刻回過神，掩不住嘴角流露的笑意。

「是個健康的男孩。」

「照慣例要取名叫楊萬里嗎？」男子熟悉楊家取名的怪習慣，打趣地說。

「當然，你的孩子呢？也要子承父名嗎？」百里悠哉地捧起茶几上的瓷杯，啜了口熱茶。

「不，我們妖族沒有那種傳統。」

聊到取名的話題，對面的年輕夫妻相視而笑，男人垂下手，溫柔地撫著女人沉重的腹部，眼中搖曳著幸福的光芒。

「我想……就叫星爆吧。」

「噗！」百里一口茶噴了出去。

「嗯？這個名字怎麼了嗎？」男人疑惑地盯著嗆咳不止的老人。

「沒、沒事……」百里忍不住想著十六年後，有個叫做星爆的年輕小鬼跑來找自己的模樣。

——完全搞不懂這個思想前衛的傢伙在想什麼，他的老婆怎麼也不管管……還是單純只是自己老化的腦袋太落伍了？

沒等百里思考完，年輕的妖族夫妻便相偕起身，向老人點點頭。

「那麼，百里兄，我們不宜多留，這就告辭了。」

「慢走。」百里揚了揚手，沒有挽留。

其實老人還是頗捨不得與這位多年老友告別，但身為土地守護者，他自然知道妖族有自己的難處，因此才沒多費唇舌。

「下次見面不知道是什麼時候了，你們夫妻多保重。」

「你也是，百里兄。」

隨著一陣青煙溜過，男人與女人的身影消失在夜色之中。

百里輕輕放下茶杯，摺扇一收。

他心底知道，此次一別，要再見恐怕是千難萬難了。他的妖族伙伴恐怕也了解這個事實，只是不當面說破而已。

「不過，十六年嗎……」楊百里緩緩站起身，走到廊簷下，讓身子沐浴在灑落的月光之中。

總會有辦法的吧？

老人不禁苦笑。

第一章——狐狸嫁女·壹

馬路上，車聲和寒風呼嘯的聲響不斷交替閃動，萬里忍不住搓了搓手，驅散停滯在掌心的寒氣。在這個入冬的時節，即使是身體強健的他，也難免因為天氣的變化感到不適。

在與「災厄」火鳥驚心動魄地交手後，這陣子顯得風平浪靜，不僅沒有任何妖怪事件需要處理，就連無名土地神也不再纏著自己生孩子。

雖然有關楊百里的事情，祂還是半點也不肯透露，但至少沒再多指派工作給他，這讓同時忙於課業與球隊的萬里總算清閒下來。儘管如此，這幾天卻有另一件事掛上他的心頭。

青雪在那天晚上拜會楊百里的靈位後，就不發一語地離開了，隔天也沒有去學校上課。平常沒什麼朋友的她完全聯絡不到人，著實讓禿頭班導頭疼了許久，也不知道所剩無幾的頭髮有沒有因此多掉兩根。

那一晚，在黯淡的燈光下，萬里可是第一次看到青雪冰冷的臉蛋上出現情緒波動——扣除平常對他展現的嫌棄臉色的話——這讓萬里忍不住覺得，青雪和突然以年輕模樣現身的爺爺，肯定有什麼不可告人的連結。

據說楊百里在年輕時風流倜儻，結交了不少女性伴侶，莫非青雪正好是爺爺當年的情人之一？畢竟如果是生命長久又善於駐顏的狐妖族，過百歲還像個少女，也並不是不可能……

想到這，萬里連忙甩甩頭，不敢繼續推敲下去。畢竟要是青雪真有百歲之齡，又和百里是戀人，那論輩分自己豈不是得叫她奶奶？

「萬里學弟？」

一個熟悉的聲音把萬里的思緒拉了回來。

人行道另一頭，穿著冬季制服的林筱筠正一臉好奇地看著他，女孩用一條深紅色的圍巾纏住脖頸，除了保暖外，也順便遮掩那個顯眼的勒痕。

現在正好是放學的時間，許多和萬里他們同校的學生正陸續四散，踏上返家的歸途，萬里和學姐是剛好在學校附近的街道路口碰上的。

這個巧遇也讓萬里想起了另一件事。

「幾天沒見了，筱筠學姐。」金髮男孩在同年齡的青少年裡算是相當沉穩，他迅速撇開適才還在腦中打轉的想法，向學姐點頭招呼。

林筱筠快步來到他身邊，輕輕拉住男孩的衣角。

「身體還好嗎？那個時候的對戰有沒有受傷？」

「我沒事，倒是葛葉學姐呢？」萬里想起的另一件事，就是有關麻花辮女孩事件的後續。那天晚上災厄消散後，葛葉整個人哭暈在公園空地上，搞得才剛把她接出院的林筱筠，又得麻煩萬里把她背回去醫院，還惹來不少路人好奇的目光。

「她的身體狀況還好，就是心情還不能馬上平復……啊對了，聽說葛葉的爸爸接到消息後來找她了，好像正在和政府單位協調有關債權繼承的問題，詳情我也不太清楚，這陣子葛葉都請假沒來。」林筱筠歪著腦袋，黑色長直髮隨著寒風吹拂微微飄亂。

「原來如此……」

——有長輩願意出面處理就好，總不會還不出錢就叫她去賣身吧？

渾然不知自己一口氣就猜到真相的萬里，聽到這邊總算鬆了口氣。

「萬里學弟是要直接回家嗎？」

「嗯，我家在那邊。」萬里指指學姐身後。看她前進的方向，兩人回家的路途應該是剛好交叉才對。

「有空嗎？陪我坐下來聊聊天？」林筱筠的嘴角隱隱露出一絲笑意，她其實對這個深藏不露、又是扔符咒又是揮木刀的學弟頗有興趣，這時候剛好有機會可以套問一番，當然要緊緊抓住。

「嗯，好啊，反正我不趕時間。」萬里抓抓頭，無可無不可地說道。

「那我們去之前那間舊城區附近的咖啡店？」

「好。」

這兩個人都不是什麼囉嗦的個性，既然說要聊天，也不避忌周圍還有很多同校的學生，就這麼像對情侶般並肩走向咖啡店。

也才沒走兩步，在等紅綠燈的時候，萬里聽到前面兩個國中部的男生，正對著街角處的某棟建築指指點點。

「欸，這邊哪時候開了這家店啊？陰森森的感覺好奇怪。」

「誰知道，搞不好是做黑的，色情產業那種。」

「是說這個轉角原本是開什麼店去了？」

「忘記了，沒注意過。」

隨著交通號誌轉為綠燈，兩名國中生不以為意地繼續往前走，但萬里卻沒有動，皺起眉頭看著那間陰暗、連招牌都沒有的小店。

「萬里學弟？」

「學姐，這邊之前有開店嗎？」感受到記憶中的異樣感，萬里沒有像其他人一樣只是不經意地走過，而是回頭向貓妖女孩求證。

林筱筠搖搖頭表示不清楚。

萬里沉思著，一直到行人號誌的倒數計時開始閃動，才回過神來。

「抱歉，我有點在意那間店散發的氛圍，想繞過去看看。」

「是和妖怪有關的氣味嗎？」林筱筠擔心地問了一句。

「不確定，靠近了才知道。」

「那一起去。」林筱筠抓住萬里的手腕，一馬當先朝對街走去。這樣的反應，讓萬里不禁有些意外。

沒想到這個看起來嬌滴滴的學姐，膽子居然比想像中大。原本以為經過貓妖和火鳥兩次事件後，林筱筠就算沒有對妖怪退避三舍，至少也會有點心理陰影，現在看起來倒是挺正常的？

「筱筠學姐，妳真的要和我一起去？」萬里忍不住問道。

「會很危險嗎？」林筱筠回過頭，疑惑地反問。

「呃……應該還好。」

「那就好，走吧，其實我也挺好奇的。」林筱筠不由分說就把萬里拖到柏油路的另一邊。

走到小店門口，陰森又帶點溼氣的氛圍立刻迎面而來，不透光的霧面玻璃門更是平添了一股神祕感。

仔細一看，這間店除了沒有掛招牌以外，只在門口的橫幅上寫著「青丘商品行」，這種毫無誠意的招客標語，一副巴不得拒人於千里之外的架式，與「商品行」這三個字倒是相映成趣。

如果只是這樣，可能還不至於引起萬里的注意。讓他下定決心過來查看的主要原因，是那股留在記憶中的突兀感。

雖說是幾乎每天上下學都會經過的地段，他卻沒有這個街角開設過店面的印象。

可能單純只是自己忘記了——一般人多半會這麼解釋，但對萬里來說，任何一絲「違和感」，都是不能放過的蛛絲馬跡。

所以才和林筱筠一起湊了過去。

兩人上下打量了店門口幾眼，但即使是能看清事物本質的萬里，也無法找出什麼破綻。不過正因為這間店「毫無特異之處」得過於明顯，反而給人一種刻意為之的感覺。

「我進去看看，學姐要在外面等嗎？」萬里舒展了一下脖頸處的筋骨，裝做不經意地問道。

「不要，我和你一起進去。」林筱筠一口回絕。

眼看貓妖女孩如此堅持，萬里也只好硬著頭皮推開門，帶頭走進小店。

才剛進入室內，一陣詭異的香味就撲面而來，在這陣濃郁卻不刺鼻的氣味掩映下，商行的內部空間在兩人面前展開。

無數木箱和紙箱層層疊疊堆起，幾乎要頂到天花板。各種各樣大小、型號的箱體徹底占據本就不大的店內空間，不僅遮蔽視線，甚至連行走都有點困難，想要在商行內移動，就只能鑽過箱塔之間的細長走道。

在萬里謹慎觀察著周遭環境時，厚重的玻璃門像是有生命般，在兩人身後重重關上，頗有種休想輕易出去的氣勢。

「這是什麼奇怪的地方啊？」林筱筠好奇地閱讀身邊一個紙箱上的斑駁文字，

卻看不出個所以然，只好放棄。

「噓。」萬里瞥到箱子高塔投下的巨大陰影交疊處，有個不像是人類的身影閃過，舉手要求學姐噤聲。

林筱筠似乎同樣注意到氣氛不大對，保持安靜的同時，也豎起耳朵注意著周圍的狀況。

萬里把手伸進口袋，捏著事先備妥的符咒，將精神集中程度提升到最高點。經過上次與火鳥一輪番的交手後，他已經養成隨身帶著幾張符咒應急的習慣。畢竟有時候突發狀況太多，做好事前準備，總比到了危急時刻才後悔自己沒有考慮預防措施來的好。

「喲，真難得有客人來訪呢。」一個充滿魅惑力的成熟女聲，迴盪在小店的各個角落。回音造成的錯覺，會讓人不小心認為發話者就在自己的耳朵後方說話，萬里和林筱筠不禁同時縮了縮脖子。

「妳是誰？」萬里悄悄移動腳步，擋在林筱筠的身前，對著空無一人的紙箱堆問道。

「我才想問呢，你們既然不請自來，難道不知道這裡是哪裡嗎？」聲音的主人咯咯嬌笑著，空氣中的那股香氣突然強烈了起來。

「我很確定，這裡在昨天之前並沒有任何一家店舖。」

「原來如此，是觀察力驚人的孩子呢，嘻嘻嘻。」

儘管聲音的主人沒有現身，但光憑語調就給人一種媚入心坎、柔至骨髓的吸引力，就連身為女生的林筱筠都有些臉紅，然而萬里卻不為所動。

「敢問閣下是妖族的一分子嗎？」

「你認為呢？如果我說是的話，你要退治我嗎？要收服我嗎？要把我監禁、用束縛的刑具捆住，任意凌辱到即使我哭著求你，也不收手嗎？」

隨著在紙箱堆後閃動的身影越趨撩亂，女人的聲音也伴隨著隱隱的嬌喘升高。如果換個男人來聽，可能會因為心浮氣躁而失了神，但很遺憾的，萬里並不是那種角色。

「少在那邊藏頭露尾的了，為什麼要在這種地方作亂，狐妖？」萬里正氣凜然地朝雜物堆中一指，瞬間讓蕩氣十足的女人呻吟聲止息。

「……怎、怎麼會？你是怎麼看出我是狐妖的？」

「因為妳的尾巴沒藏好啦，都露在外面了。」萬里無奈地指指某個木箱邊緣，一節毛茸茸的橘紅色狐狸尾巴咻地收了回去。

「可惡，堂堂三尾妖狐如我，居然會犯下這種失誤……」懊惱的情緒取代原先被看破手腳的慌亂，女狐妖沮喪地嘆了口氣。

窸窸窣窣。

一陣騷亂過後，室內的光線漸漸明亮起來，紙箱和木箱堆成的小山也不再那麼鬼影幢幢。

一個比預期中嬌小許多的身影，從角落處轉了出來。

「咦……？」林筱筠驚訝得睜大眼。

萬里心裡雖然也和貓妖女孩有著類似的感想，但基於禮貌，他還是硬生生忍住一聲驚嘆。

眼前的「狐妖」頂著充滿異國氣息的金色波浪捲長髮，蓬鬆柔軟的三條大尾巴在身後冉冉揮動。然而，那彷彿沒有發育完全的貧瘠體型，還有圓滾滾的眼珠和臉蛋，卻讓她稚氣盡顯……不，誠實點說，這隻狐妖根本就是個小女孩的模樣，目測頂多十歲，和性感一詞八竿子打不著關係。

萬里看了看狐妖幼女胸前的平原，不禁默默別開目光。

「幹嘛？看什麼看？沒看過妖怪啊？」狐妖幼女凶巴巴地雙手插腰，露出牙齒威嚇著表情微妙的萬里和林筱筠。

「呃，我還以為狐妖外表通常會……更成熟一點。」萬里委婉地遣詞用字，但眼神還是不小心朝狐妖胸口那荒蕪的大地又飄了兩眼。

和她一比，林筱筠那模特兒般勻稱有致的身材、修長的大腿與姣好的臉蛋，反而更符合一般大眾對狐妖的既定印象。

「無禮之徒！就是有你這種想法膚淺的愚民，這個世界對於女性的價值觀，才會止於那骯髒的肉體之上。」狐妖幼女義正辭嚴地教訓著兩人，尾巴毛氣得都蓬了起來。

林筱筠在這陣毫不留情的痛罵下回過神，深深吸了一口氣。

「好、好可愛！」

「欸？」

「學姐？」

「好可愛好可愛！好像洋娃娃，讓姐姐抱抱！」林筱筠不由分說地一個箭步衝上前，雙手齊張抱住來不及反應的狐妖幼女，用力蹭著她那柔軟又富有彈性的臉頰。

「住、住手！我才不是什麼小妹妹，本妖可是已經化形三百年的高貴狐妖，論輩分妳都可以叫我玄奶奶了！快給我放手，小心我咬妳哦！啊唔唔……」高貴的三尾狐妖大人臉龐被擠得變形，軟軟的臉頰肉像是饅頭般被搓來搓去，連話都說不清楚了。

「原來是狐妖族的大前輩，失禮了。」

「既然知道很失禮，就趕快把這個莫名其妙的女娃子拉開啊！別光在旁邊看！啊唔……喂你在偷笑對不對！我看到你在偷笑了臭小子！快來幫我啊啊啊啊啊啊——」

十分鐘後，累得直喘氣的狐妖幼女徹底放棄抵抗，被笑咪咪的林筱筠放在腿上，像個大號的娃娃般，任由貓妖女孩隨意撫摸擺弄。

萬里也從雜物堆中找出一張椅子坐下，饒富興味地觀賞淚眼汪汪的三尾狐妖。

「說吧，你們前來所為何事？」等萬里就坐後，狐妖幼女臭著臉冷哼了一聲。

儘管架子擺得很高，她的臉頰在這期間卻還是不斷遭受擠壓變形的待遇。

「前輩您好，我是這塊土地守護者一族的傳人，名字是楊萬里，抱著您的這位則是我同校的學姐林筱筠。」萬里恭謹地進行介紹，努力不去看兩邊臉頰像棉花糖般同時被拉長的狐妖幼女。

「我們來此，是為了查看這間商行所有者的身分，避免抱著惡意的人類或妖族對這個地方的居民造成危害。」

「我懂了，楊家已經傳到萬字輩了嗎？這種愚蠢的命名習慣居然還留著。」狐妖幼女呵呵一笑。

「您知道我們家的命名習慣啊？」

「當然，我和你祖上的先輩可是舊交。」狐妖幼女得意地揮揮手，背後三條毛茸茸的狐尾被林筱筠抓在手中，大肆撫摸著。

——和楊家的先輩是舊交？

萬里心念一動，打量狐妖幼女的眼神瞬間認真起來。

「敢問前輩尊姓大名？與楊家的哪位先輩結識呢？」

「你們可以叫我澄露大人就好，至於另外一個問題，就恕我不作答了。」澄露高高在上地從鼻尖噴氣，下一秒臉頰卻又再度被擠壓得變形。

「總之，你們不必擔心我會對這片土地的居民不利，我會來到這裡，單純只是受人所託。看在和楊家有舊交的情分上，你們如果有什麼需要關照的地方，都可以來找我，畢竟我可是大前輩嘛嗯嗯……」

「原來妳叫小露兒啊，好可愛的名字！」

沒等澄露小妹妹自我陶醉完，林筱筠就帶著閃閃發光的眼神湊了上去，用指尖輕搔狐妖幼女的脖頸處，讓她面紅耳赤地直縮肩膀。

就算澄露拚命扭動著身軀想逃，還是屢屢被抓回腿上繼續蹂躪，完全沒有百年大妖應有的尊嚴。

「夠了！什麼小露兒！本妖可是堂堂修練百多年的三尾妖狐，豈能讓妳這女娃兒為所欲為啊唔！」才剛掙動兩下，小露兒的後頸就被一把抓住。那邊似乎是她的弱點，只見狐妖幼女一瞬間癱軟下來，只能用指尖抓撓著林筱筠的手背，完全失去反抗能力。

「快放開我啦！不知禮數的愚蠢女娃子！」

無視全身不斷顫抖的澄露，萬里思索了一下，再度開口。

「小露兒前輩……」

「不要叫我小露兒前輩！臭小子！」

「小露兒，剛剛妳說是受人之託，請問是被託付了什麼樣的事情呢？」依照小露兒的要求把前輩去掉，萬里正色問道。

細心的他甚至還很體貼地把敬語的「您」改成普通的「妳」，只希望眼前的狐妖幼女不要太過苛責他先前用語上的失誤。畢竟對大多數女性來說，被外表比自己還大的男子叫前輩，感覺就像自己已經很老了一樣，這可是很失禮的。

想必小露兒也希望彼此是以平輩相交，才會這麼提議吧？

萬里自認處理得相當不錯，小露兒卻完全不領情。

「你們這對白痴人類……是故意裝傻來耍我的嗎……」狐妖幼女的額前爬滿青筋，咬牙切齒地瞪著誠意滿滿的萬里，臉頰還被林筱筠順手捏了兩把。

「？」

把那股殺人視線理解為感激的表情，萬里報以友好的微笑。

「……算了，是誰拜託了什麼事我不能說，但我給你我的保證，在滯留這塊土地的期間，絕不會對此地的居民造成傷害，這樣總行了吧？」

「只要小露兒願意保證，作為土地守護者，我當然沒有必要過度干涉。」萬里露出爽朗的笑容，「如果之後有什麼地方需要幫忙，也歡迎隨時來找我。」

「知道了知道了，先替我把這女娃兒弄開好不好？」小露兒強忍怒火，指指徹底玩上癮的林筱筠。

「筱筠學姐，妳能不能先暫時停手呢？」

「不能。」

眼看林筱筠一口回絕，萬里也只好聳聳肩。

「對了，小露兒，妳的這間店門口寫著『青丘商品行』，具體來說是賣什麼呢？」

「這是商業機密，快幫我把這個女娃兒弄開！」

「好好好。」萬里苦笑著應付澄露小妹妹的怒吼，站起身來。

「學姐，我們該走囉？」

「等一下，小露兒的臉頰好軟，再讓我摸一下，唔唔……」

「乾脆殺了我吧。」小露兒的眼神終於徹底死去。

好不容易把林筱筠從小露兒身邊「拔」開，萬里領著學姐回到店門口，三人依依不捨地作別。

應該說，依依不捨的只有林筱筠一個，小露兒可是巴不得他們趕快消失。

「那我們先走囉，小露兒，有空我會再來拜訪的！」林筱筠開心地揮揮手，一旁的萬里推開厚重的玻璃門。

「別再來了拜託……」澄露抱著自己的肩膀瑟瑟發抖，眨眼間，她就咻地鑽回紙箱林立的陰影中。

「原來學姐這麼能和狐妖打交道啊？」萬里意外地眨眨眼。

要是早知道林筱筠拿狐妖這麼有辦法，就讓她去應付那個陰沉又脾氣差的某雪同學了，省得自己老是遭人白眼。

「嗯……我只是覺得小露兒毛茸茸又小小隻的，感覺很可愛而已啦，萬里學弟不覺得嗎？」

「是還挺可愛的沒錯。」萬里抓抓頭。

他突然想起狐妖大部分都是用陰陽採捕之法修煉的，意思是說，已經有三百多年修為的小露兒，其實是個超猛的老江湖囉？

嗯，畢竟口味特殊的男人也不少嘛。

萬里不敢再繼續深究，跟在仍舊難掩興奮的林筱筠身後邁開腳步，兩人的身影隱沒在即將降臨的夜幕中。

第二章——狐狸嫁女·貳

午後的路邊行道樹上，鳥兒吱吱喳喳地聒噪著。穿著便服的萬里呆站在一棟樸素的出租公寓前，看了看手上的紙條，再望望眼前的門牌號碼，確定自己沒有走錯。

在突襲檢查青丘商行的隔天，禿頭班導師在午休時把萬里找去辦公室，向他詢問青雪的狀況。狐妖女孩至今連續請了一個禮拜多的病假，缺席的情況過多，已經到了校方不得不關切的程度。

剛好萬里又是全班唯一一個和青雪有較多接觸的學生，因此禿頭班導師希望他能以同學的身分，前往青雪的住處關切一下，看看有沒有什麼需要幫助的地方，也順便證實她不是無故曠課。

雖然一聽就知道是個苦差事，但這件任務確實沒有其他人能擔綱，於是萬里在放學後，乖乖來到學籍資料上的住宅地址拜訪。

坐落在地址上的建築，很意外的是棟普通的出租公寓，樓層不多，一共只有四層樓高，屬於每房占地不大、水電便宜的類型，相當適合有外宿需求的學生。

原本在萬里的想像中，青雪的住家應該會更有特色一點，比如有巨大庭園的歐式城堡，或占地廣闊的日式建築群，甚至是像小露兒的「青丘商行」那樣、凡人無法輕易靠近的神祕店鋪。

「結果居然很正常嗎……」因為一開始抱有些許期待，萬里不禁失望地嘆了口氣，把紙條塞回口袋，上前與管理員攀談，並出示學校的公文。

好歹也是個正港的妖怪，就不能找個看起來酷一點的地方住嗎……

一邊向管理員說明來意，萬里忍不住又在心中嘟囔了兩句。

安然通過盤查後，萬里來到地址所述的三樓尾端，在最偏遠的邊間處按響門鈴。

因為門板很薄的關係，室內電鈴傳來的聒噪聲響，在走廊上也能聽得很清楚。萬里耐心地等了一會，才又短短地按了第二次。

隨著短促的鈴聲過去，房門打開一條細縫，一對黑色的眼珠迅速瞥了眼外頭，才將門板向內拉開。

「是你啊。」青雪嘆了口氣。不知道是不是因為自己在家比較隨便，青雪及肩的黑髮不比平常滑順的樣子，尾端有點亂翹。

「嗯，是我。妳好幾天沒來上課了呢，青雪同學，身體還好嗎？」萬里面帶微笑，將手中的提袋舉起晃了晃，裡頭裝著的大疊教科書立刻發出沉重的悶響。「我替妳帶來了整個禮拜份的作業哦。」

碰！

房門瞬間被甩上，萬里的笑容僵在臉上。

「我會幫妳跟老師說，青雪同學的病重到無法寫作業，這樣行了吧？」萬里輕嘆一口氣，無奈地攤手。

房門打開，青雪悄悄探出頭。

「進來說吧。」

這可是萬里有生以來，第一次進入除了家人以外的女性房間，而且還是孤男寡女的獨處狀態，就算沉穩如他還是有點緊張。

要是不小心看到什麼不該看的東西，肯定會被惱羞成怒的青雪給當場宰掉——這便是萬里擔心的根源。

還好青雪所住的單人小套房收拾得意外乾淨，沒有什麼滿地亂丟的內衣褲小山，也沒有放到發臭的垃圾堆。除了靠在角落的單人床、衣櫃和書桌以外，幾乎什麼也沒有，女性房間常見的布偶、抱枕什麼的，更是連看都沒看到。

僅僅數坪大的房間內，完全沒有半點少女氣息，讓人不敢相信在這裡生活的竟然是現役女高中生。

一股若有似無的香氣竄過鼻尖，讓萬里微微皺起眉頭。

在他的印象中，青雪身上從來沒出現過半點香水的味道，這點倒是挺奇怪的。

暫時將室內瀰漫的淡淡香氣拋在腦後，萬里環顧四周，數秒後才急忙將視線從某扇疑似通往浴室的塑膠門上移開。

「說吧，你來做什麼？」青雪朝角落一指，示意他先把那袋教科書放下。

直到此時，萬里才有餘裕好好觀察狐妖女孩的裝束。

大概是因為獨居在家，青雪的衣著相當輕便。明明外面已經是可以穿上長褲和外套的低溫，甚至有些怕冷的行人已經圍上圍巾了，狐妖女孩身上卻只有一件單薄的長版白色T恤。

衣服的下襬一路覆蓋到大腿根部附近，讓青雪的下半身像是什麼也沒穿，裸露著白皙的大腿和雙足。

——這樣看來還真不像病人的模樣啊……正常來說不是應該穿滿厚厚的衣服，窩在床上蓋被子才對嗎？應該說，妖怪會生病嗎？

一時間想不透原因的萬里忍不住直皺眉，嘴上則快速將自己來訪的原因解釋了一遍。

「這樣啊，確實是請假過頭了……」青雪沉吟著，眼波流轉不定。

「雖說請的是病假，不過青雪同學妳看起來……很好啊？」

萬里仔細打量著青雪的臉蛋和露出的手腳，發現她臉龐、大腿的肌膚像是發著低燒般透出紅暈，眼睛也水汪汪地透出一股迷離的神韻。和之前那個總是散發著冰冷氣質的陰沉女孩相比，簡直判若兩人，身為女性的魅力彰顯無遺。

「也快假日了吧……」青雪無視萬里的詢問，咬著嘴唇思考著。

「楊萬里，我想再請一、兩天假拖到假日為止，然後……能不能幫我一個忙？」

「什麼忙？」難得這隻狐妖會有想拜託自己的事情，萬里立刻打起精神。

「不管上次打退火鳥的那個男人是不是你爺爺，都替我把他找來。」很久沒有一口氣說完如此長的一串話，青雪忍不住輕喘了口氣，虛脫般地靠在牆角。

支撐片刻後，狐妖女孩的身軀緩緩滑落，整個人坐倒在地上，抱住裸露的大腿縮成一團。

「就這樣？」萬里偏了偏頭，眼神主動避開青雪T恤下若隱若現的大腿根部。

「……順便幫我敷衍一下作業的事。」青雪把臉埋在雙膝間，悶悶地說。

「作業的事情……唉，好吧。」萬里忍不住苦笑。

看來狐妖女孩真的身體不太舒服，萬里又關切幾句後，便識趣地退了出來，讓她能好好休息。

畢竟妖怪會生的病，理所當然不是人類醫生能解決的，既然青雪沒有病重到有生命危險的程度，那自己還是別太多管閒事才好。

至於青雪的請託……

「看來得去認真逼問一下后土大人了。」萬里吐了口氣，轉身背對漸漸暗沉下來的天色，下樓而去。

在萬里面帶燦爛微笑，手拿鐵鎚與十字鎬來到土地公的神龕前，把無名土地神嚇得哇哇大叫後，上次那個逼退災厄的神祕男子的身分，才終於揭曉。

「對啦，他真的是百里小子……」無名土地神的語氣中滿是苦澀，如果祂此時能展現表情的話，肯定是愁眉苦臉的樣貌。

萬里一邊把準備用來拆神龕的工具組收好，一邊開口詢問：「所以我的爺爺還沒死，而且還……返老還童了？」

「不，百里小子確實已經死了，而且出現在你們面前的『那個』，也不是他的靈魂。」

「我知道。」

如果是以魂魄型態出現，應該不具有這麼強大的力量和實感，而是會像葛葉媽媽那樣，呈現輕飄飄的半透明模樣。

「這麼說吧，在十六年前，百里小子收到一個請託，詳細的內容本神不清楚，不過當時百里小子告訴過我，大概十六年後……也就是最近，會有一起只有他能解決的事件發生。」

「最近？」萬里皺眉思考著。最近有發生什麼重大的事情嗎？還是這裡指的就是前陣子剛解決的火鳥事件？

「唉，結果百里小子還是太早死了點，為了不違背那個約定，他把自己意識的一部分透過某種方式流傳下來，為的就是當那起事件終於發生時，可以履行約定，把問題徹底解決。」

無名土地神頓了頓，有些不好意思地繼續往下說：「不過因為之前『災厄』造成的災情有點嚴重，本神實在不得已，才破例把他提早請出來。」

聽無名土地神的口氣，當年楊百里被託付的事件，似乎與「災厄」無關。意識到這件事後，萬里不禁有點不寒而慄。

難道有什麼東西，比「災厄」的火鳥還難對付？讓楊百里不惜拆散意識，也要親自出手？

「后土大人，能不能讓我和爺爺說幾句話呢？我有重要的事情想問他。」想起青雪的囑託，萬里試探性地問道。

「很遺憾，辦不到。」無名土地神立刻拒絕。

「萬里小子，本神理解你想念祖父的心情，但那些意識能量是相當寶貴且有限的，一旦用完，百里小子就無法發揮力量了。之前的災厄事件已經消耗他不少氣力，現在能不現身就盡量不現身，以免到時候儲備的意識能量不足以應付發生的事件。」

——誰想念那個臭老頭啦。

萬里暗暗抱怨了一聲，不放棄地再度開口。

「只說幾句話也不行？」

「不行。」

——好吧。

萬里兩手一攤，沒有打算多努力幾下的意思。

畢竟青雪也沒和他說找楊百里有什麼事，沒有正當理由，僅憑自己與爺爺那不怎麼堅固的祖孫情，要人家耗費珍貴的意識能量來聊天，果然還是太強人所難了。

之後再跑一趟去跟青雪解釋清楚，要她打消這個念頭吧。

「那麼，后土大人，如果還有什麼需要處理的事情，請再聯絡我，先告辭了。」萬里對著神龕微微躬身，收拾東西準備離開小廟。

「等等。」無名土地神突然出聲叫住金髮男孩。

「下次百里小子現身的時候，需要本神通知你嗎？」

「嗯……」萬里猶豫著沒有馬上回答。

撇開青雪的事情不說，自己真的會想見那個男人嗎？儘管外貌變年輕了，但內在無疑還是那個熟悉的爺爺。

「……到時候再說吧。」

「萬里小子，你聽本神說一句……」

「抱歉，后土大人，我真的得走了，等一下和人有約。」萬里迅速鞠了個躬，推開廟門揚長而去。

金髮男孩身後，傳來無名土地神漸漸隱沒的嘆息。

萬里當然沒有和人有約，這樣說單純只是藉故落跑的推託之詞。但說巧不巧，他才離開隱藏在建築叢林中的小廟，就被一個熟悉的聲音叫住。

「萬里學弟？」

萬里聞聲回頭，身穿毛衣、脖子上圍著圍巾的林筱筠便映入眼簾。

除了身上的保暖衣物外，貓妖女孩還穿著冬季的馬靴，全身裹得緊緊的，整個人看起來很溫暖地朝他揮手。

「真巧，學姐怎麼會來這附近？」萬里有點訝異地問道。

「就跟社團的朋友們逛逛街啊，待會要去吃飯，其他人還在店裡挑衣服，我沒有要買就先出來了。」林筱筠的臉頰被冷風吹得紅通通的，一邊搓著凍僵的手指，一邊朝萬里走來。

原本打算直接回家的萬里，乾脆停下腳步，等待貓妖女孩來到身邊。

無關男女情愛，他對這個舉止大方的學姐其實挺有好感，至少和她相處起來頗為自然，不會有處處被針對的感覺。

萬里沒有發現，他之所以會覺得林筱筠很好相處，單純只是某雪同學的脾氣實在太過古怪而已。

「對了，萬里學弟，我一直有件事想問你。」

林筱筠左右看了看，確定附近沒有其他行人後，湊在萬里耳邊悄悄說道：「你還記得，我脖子上留下的那個繩索痕跡嗎？」

「嗯，記得。」萬里點點頭。

貓妖事件過後，林筱筠脖頸周圍留下了怵目驚心的勒痕，為此她一直戴著一種名為「頸鍊」的飾品，用來遮掩脖子上盤繞扭曲的疤痕。

「不知道為什麼，它一直沒有消失。就算給醫生看過，連除疤的藥物都塗了，還是沒什麼效果，甚至連稍微變淡都沒有……」林筱筠稍微退後了點，臉上露出擔心的表情，「會不會是什麼和妖怪有關的後遺症？」

「照道理說應該不太可能啊……」萬里不禁皺起眉頭，這種情況他也是第一次碰上，「可以給我看看嗎？」

「嗯，可以啊。」林筱筠解開遮住脖子的圍巾，將毛衣衣領拉低。隨著白皙的肌膚暴露在冷空氣中，女孩忍不住瑟縮了一下。

萬里稍微靠近了些，凝視林筱筠脖子上的猙獰勒痕，腦中認真思考著各種可能性。

攤在眼前的難題，讓兩人都沒有意識到，他們現在的模樣可說是相當不妙。

為了露出脖頸處的肌膚，林筱筠拉開的是領口部分，從旁人看來，就好像她主動拉下衣襟，讓萬里看自己的胸口一樣。

「哇……」

「筱筠姊好大膽……居然給男人看、看胸部？」

「那個好像是我們學校籃球校隊的人欸，我之前有看過，是筱筠姊的男朋友嗎……？」

「居、居然在大馬路上做這種事……哇啊……」

數名女高中生出現在兩人身後，對著他們指指點點，從交頭接耳的內容判斷，她們多半就是前不久與林筱筠分頭行動的社團朋友。

在尷尬的氣氛籠罩下，林筱筠快手快腳塞好衣領、圍上圍巾，萬里也稍稍後退一步，拉開彼此間的距離。

「那個，妳的朋友好像回來了，要不要就先……」萬里抓抓頭，報以苦笑。

「嗯，我們下次再聊好了。」林筱筠拉高圍巾，遮住泛紅的臉頰，「掰……」

「等一下！」

一個聲音突然強硬地插了進來，打斷林筱筠的道別。原本站遠遠偷窺著這邊的高中女生們，一下子全擠了過來，帶著凶神惡煞的眼神包圍萬里和林筱筠。

「說吧筱筠，妳什麼時候跟校隊的男生勾搭上的？」

「交往多久了？」

「做色色的事情了沒有？」

「他的技術如何……？」

女高中生一號到四號連珠炮般發問，而且問的問題一個比一個還光怪陸離，搞得萬里立刻想轉身逃跑。

但他才跨出一步，退路就被圍上的女孩們徹底堵死，想跑也沒得跑。

「他不是我的男朋友啦。」林筱筠趕忙解釋，但這句話似乎沒產生什麼實質上的效果，包圍萬里的視線依舊刺人。

「……那為什麼筱筠姐要給他看胸部？」其中一個女孩不服氣地小聲抗議。

「我沒有給他看胸部啦！」

「那是我們誤會了哦？」

「對啦……」林筱筠疲憊地扶著額頭嘆了口氣，「真是的，不要老是這麼八卦嘛。看胸部什麼的，至少也得等交往後再說吧……」

——等等，意思是交往之後就可以看嗎？

萬里心頭一震，不禁對現役女高中生的價值觀打了個大大的問號。

無視林筱筠勁爆的發言，女高中生一號到四號發出失望的嘆息，似乎對學姐和萬里的八卦沒有成真更感到惋惜。

但平靜的氣氛才剛恢復沒幾秒，其中一個女孩就突然冒出一句。

「所以你們不是男女朋友？那他現在單身嗎？」

「好像是……單身？」林筱筠對萬里投以詢問的眼神，後者則點點頭表示肯定。

「哇嗚，單身的籃球校隊帥哥欸！」

「好棒！你是幾年級的啊？叫什麼名字？」

「喜歡什麼類型的女孩呢？」

「是處男嗎……？」

面對有點超出年齡限制的聯合猛攻，萬里被轟得暈頭轉向，只好拿出商業用的微笑沉默不語。

「啊對了，晚餐！」

「對對對，我們一起去吃晚餐吧，也差不多到時間了。」

「去找家好吃的餐廳坐下來聊吧！」

「話說回來……你叫什麼名字啊？是處男嗎？」

女高中生集團七嘴八舌地簇擁著萬里，一人一隻手把他架住，如眾星拱月般將金髮男孩帶往不遠處的商店街，有點傻眼的林筱筠連忙追了上去。

「等一下！萬里學弟可沒答應要陪我們……啊。」

話還沒說完，林筱筠就看到萬里露出無奈至極的苦笑，這才發現自己不小心透露了他的名字。

「原來你叫萬里啊？是一年級的學弟？」

「啊，我想起來了，是那個楊萬里吧，一年級裡面很有名的……」

「聽說可以灌籃的那個男生？」

「所以你是處男嗎？」

直到這群女生真的找到一家合意的餐廳坐下來之前，萬里就被淹沒在這群八卦少女的言語性騷擾攻勢之中，完全無法抽身，即使林筱筠上前阻止也毫無效果。

十多分鐘後，萬里滿臉無奈地坐在某間家庭餐廳的座位上。六人座的長桌邊，圍著包括林筱筠在內的五名女高中生，一共五雙眼睛同時聚焦在他的身上轉來轉去，實在讓人頗不舒服。

「那、那個……需要點餐嗎？」走到桌邊的服務生小姐，似乎感受到一股逼人的修羅場氣氛，有點膽怯地問道。

「麻煩妳了。」萬里如獲大赦地鬆了口氣，順手翻起菜單，希望多少能遮擋一下那些過於熱切的視線。

然而這份暴風雨前的寧靜沒有維持多久，在服務生小姐點完單、飛速逃離桌邊後，除了林筱筠外的四名女孩，眼中便同時燃起熱情的火焰。

面對這種像是久未進食的野獸緊盯獵物的視線，就連見識過大風大浪的萬里，都不禁感到有些恐怖。

「好，先從自我介紹開始吧。你是幾年級？叫什麼名字？」挑染了瀏海的女高中生A用力一拍桌面，讓現場的氣氛瞬間高漲起來。

接下來包括進餐在內的幾十分鐘，萬里遭受了前所未有的疲勞式問題轟炸，從基本的身高體重資料，到家世背景和感情經歷，只差沒叫他把身上有幾根毛都說出來而已。

還好萬里行事一向問心無愧，也沒有戀愛經驗，基本上沒什麼不能說的。也幸虧他個性溫和穩重，耐心比同年齡的男生高出許多，否則換個人來，恐怕早就招架不住了。

在這段期間，萬里也在一陣七嘴八舌的介紹下，勉強弄清楚了眼前四名女孩的名字。

她們都是林筱筠在社團的朋友，全部都是一、二年級生。坐在萬里左手邊，綁著馬尾、身材精實的是二年級的關倩；長得幾乎一模一樣、各挑染一邊瀏海的，是一年級的雙胞胎姐妹紀夏晴和紀雨晴，剛剛猛拍桌子開始逼問的就是夏晴；至於坐在最角落、用長長瀏海蓋住雙眼的女孩，則是同為一年級的艾綾，別看她頂著一副害羞的模樣，剛剛最在意萬里是不是處男的傢伙，就是這位艾綾小姐了。

「是單身的籃球隊帥哥欸，既然筱筠這麼大方地沒出手，學妹們要不要試試啊？」關倩不顧林筱筠的抗議，雙手抱著後腦笑道。

「啊，我喜歡年紀比我大的男生，這種的沒興趣，雨晴呢？」

「我倒是還好，長得帥就行。」

夏晴、雨晴姐妹露出一模一樣的微笑。

「對了，夏晴不是前陣子才和男朋友分手？不考慮再找一個嗎？」林筱筠明快地嘗試轉移話題，以免萬里被繼續騷擾。

「哦，對啊，那個男的太沒情調了，又老是跟別的女人搞曖昧，乾脆就分手了。」夏晴一臉無所謂，笑嘻嘻地趴在桌子上，「我是不急著再找一個啦，倒是筱筠不是也還沒有男朋友？拿這個金毛帥哥湊合湊合？」

——還湊合咧……也不先問問本人的意見。

萬里傻眼地搖搖頭，沒說什麼，倒是林筱筠臉泛紅暈地低頭不語。

「妳、妳們不覺得談戀愛這種事情，應該是要兩方都互相有一定程度的了解和好感，之後才……」

「啊咧？莫非我們的全年級第一美女，意外的相當純情？」夏晴面帶邪笑，隔著桌子往林筱筠胸部的位置虛抓了兩下，完全沒有半點少女的矜持。

「莫非筱筠姐……是處女？」似乎相當在意這種事情的艾綾，突然開口問道。

「咦……這……」

「欸？居然真的是嗎？我還以為筱筠姐長得這麼漂亮，身材又好，肯定做過那種事了呢？」雨晴忍不住驚訝得睜大眼，放下支撐著下巴的手掌。

「噓，別看人家這樣，這孩子連男朋友都沒交過哦。」和林筱筠同年級的關倩，豎起食指靠在嘴唇邊輕笑。

「啊，好遜哦。」

「呵……」

「是處女呢，筱筠姐……」

坐在對面的夏晴、雨晴和艾綾三個後輩，毫不留情地對著林筱筠就是一陣口無遮攔的批判，弄得她淚眼汪汪地猛吸鼻子。

「難道妳們的戀愛經驗都很豐富嗎？關倩妳不也沒有交過男朋友？」林筱筠不服氣地哼了一聲，把矛頭指向另一邊。

「問我嗎？比起找個人穩定下來，我比較享受和多個男人曖昧的狀況，這樣不但不會被情侶關係綁死，還可以享受他們彼此競爭磨擦出的好處呢。」關倩眨眨一隻眼睛，從容發表奴役工具人的宣言。

「呃……其他人呢？」

「男人就像衣服一樣啊，總歸是要換的。」夏晴聳聳肩，不以為意地表示。

「感情這種東西，如果投入太多的話，只會自己受傷吧？隨便玩玩就好。」雨晴也出聲幫腔。

「激烈的肉體關係。」艾綾則一臉平靜地說出了不得了的發言。

多人曖昧？像衣服一樣？隨便玩玩就好？激烈的……肉體關係？

聽到正值青春年華的女孩們對於男女關係的想法，萬里不禁傻了眼。

——看來之後還是少和這群女人打交道比較好。

他暗自下定決心。

「不過這個男生還真可愛，聽我們講了這麼多居然沒有嚇得逃走哦？」關倩優雅地支起下巴，斜斜望了眼坐在身邊的萬里，「別擔心，我們雖然在戀愛方面很凶殘，不過還不至於動自己姐妹的男人，你大可以放心。相對的，學弟你也要對我們家筱筠好一點哦？」

萬里苦笑著點點頭，坐在他身邊的林筱筠則半放棄似地嘆了口氣。

「筱筠姐雖然看起來什麼都很厲害，不過其實腦袋常常轉不過來，你要多體諒她哦？」

「要多陪陪她，不要亂找其他女人哦？」

夏晴和雨晴同時湊過臉，一邊胡扯一邊偷看林筱筠的反應。

「第一次進去的時候要溫柔點哦？」

「咳咳！」

「要溫柔點哦？」像是擔心萬里聽不清楚似的，艾綾語氣堅決地又重複一次。

「我、我知道了……」

——所謂的進去，是「進入房間」的意思對吧？對吧?!

為了保護本作的分級，萬里擅自做出以上解釋。

「不是知道，而是一定要做到，像筱筠姐這種純情的處女，那邊一定很……」

「夠了！」這句話成為壓垮駱駝的最後一根稻草，林筱筠滿臉通紅地站起身，用充滿告誡意味的眼神瞪了其餘五人一眼。

「別再說了，我要走了。」

丟下這句話後，林筱筠拿起包包就往店門口走去。

「筱筠，等等……」

「筱筠姐！」

「筱筠姐……」

「糟、糟糕了……」

相對於亂成一團的女生集團，萬里的心情反而變得輕鬆許多，反正他本來就是被強拖過來的，氣氛變成這樣，正好給了他脫身的機會。

於是萬里果斷地站起身，追著林筱筠的腳步往店外奔去。被留在原地的關倩、紀家姊妹等人，只能尷尬地面面相覷。

「啊，連那個籃球隊的都跑了。」

「怎麼辦？他們兩個……」

「還沒付錢啊……」

一路追出店門口，萬里終於在路邊的人行道附近，追上快步走著的林筱筠。

「筱筠學姐，妳還好嗎？」

「萬里學弟……」林筱筠回過頭，儘管臉上還殘留著些許紅暈，但女孩的情緒已經明顯平靜下來，不像剛才那麼慌亂。

她默默停下腳步，不發一語地望著天上，萬里見狀也跟著停了下來。

順著貓妖女孩的視線望去，只見冬日晴空下，一架噴射客機拖著長長的雲霧尾巴橫空而過，太陽從層層浮雲中探出頭來，撒落溫暖的光線。

「吶，萬里學弟。」

「嗯？」

兩人就這麼駐足在人行道上，抬頭望著天空好些片刻。

萬里不小心發現某片雲朵，長得有點像奔跑中的狐狸。

「你覺得，愛情是什麼樣的東西呢？」

「呃……」沒料到這趟出來，居然還得和學姐繼續討論戀愛話題，萬里忍不住苦笑。

「雖然我也沒談過戀愛，所以講起來有點那啥……不過我想這種事情應該是因人而異的。」

「因人而異？」林筱筠轉過頭，雙眼中流露出好奇的神色。

「嗯，畢竟每個人都存在相異之處，在看待感情方面，也很容易有不同的觀點吧？」萬里用指尖支起下巴，認真思考著措辭，「好比說，有人願意為了所愛之人犧牲一切，也有些人就只是追求肉體上的快感而已。」

比如說妳社團的那個超在意別人是不是處男的學妹。萬里把後面這句吞了回去。

「這樣啊……」林筱筠唇邊勾起一抹平靜的微笑。

這種中庸的回答似乎沒辦法讓她滿意，於是萬里只好抓抓頭，重新換了種說法。

「不過，我自己認為，戀愛這種東西呢……」

一陣冬天罕見的暖風颳了過來，吹起了林筱筠飄散的長髮和圍巾，也暫時遮蔽了她一部分的視線。

「不就是兩個不同的人，願意一心一意為對方著想、願意為彼此付出全部事物，並因此感到幸福的感情嗎？」

萬里的笑容在冬陽照映下閃耀著，讓貓妖女孩的心頭微微一動。

「這樣嗎……」林筱筠不禁展開笑容，「萬里學弟真是個耀眼的人呢。」

「嗯？這是什麼意思？」

「沒什麼意思啊……咦？你後面……」

「怎麼了嗎？筱筠學姐？」萬里疑惑地偏過頭，看著林筱筠突然狂冒冷汗地轉過身。

「那個，我突然想到等等有事，先、先離開囉！」

「好的，慢走。」

萬里站在原地揮了揮手，目送林筱筠快步沒入人群中。

停在不遠處的汽車後照鏡反射出刺眼的太陽光，下一秒，數名女高中生的身影就映入鏡中。

「喂，我說啊……」

萬里的後頸被一雙手狠狠掐住，雞皮疙瘩像警報般全部豎了起來。

「你這個傢伙，該不會是想吃霸王餐吧？」夏情和雨晴兩張一模一樣的臉，出現在他的左右兩邊。

「真是不夠紳士呢，像你這樣的男人不適合當一個好丈夫哦。」束著高馬尾的關倩笑嘻嘻地擠開雙胞胎，一把勾住萬里的脖子。

「明明就是個處男……」艾綾躲在後面小小聲地說。

不、不妙。

萬里的背後狂冒冷汗。

「我看就先從把剛剛那餐、總共六人份的飯錢交上來吧。」關倩的臉湊得相當近，萬里可以清楚分辨她勾起的嘴角邊，完全沒有一絲笑意。

「連妳們的份也要？這樣算是勒索嗎……？」萬里苦笑。

「怎麼？你有什麼意見嗎？學．弟？」夏情在自己的拳頭上呵了口氣，像個不良少女般歪著嘴角。

「處～男～」艾綾舉起雙手湊在嘴邊，拉長音調念道。

萬里長嘆了口氣，認命地舉手投降。

天空中稀疏的雲朵，弔詭地緩緩往不遠處的某棟住宅大樓聚集。

第三章——狐狸嫁女・參

放學鐘敲響沒多久，萬里從教師辦公室走出來，有些疲憊地揉揉自己的太陽穴。

剛剛他把青雪臥病不起、連作業都無法寫的情況，聲色俱下地描述了一遍，把禿頭班導師唬得一愣一愣後，才起身離開。

稍早前他才傳了封簡訊給青雪，解釋楊百里無法現身相見的原因，也順便問問她身體的情況。把事情都辦妥後，他還得去參加籃球校隊的自主練習，回家前還要繞道去青丘商行、找小露兒串串門子，確保她不會在滯留此地的期間出什麼亂子。

想起這一連串的待辦事項，萬里就忍不住頭痛。

暫時把雜念趕出腦中，他換上球衣，一邊頂著寒風對雙手呵氣，一邊小跑步穿過操場，打算先趕赴球隊的練習再說。

就在此時，眼角餘光瞥見了一個不該出現在這邊的身影。

那個理應生著重病、臥床不起的某青雪小姐，正蹲在操場側邊的鐵柵門邊朝這裡看來。

迅速環顧周遭，確定沒有認識的人在附近後，萬里快步朝她的方向趕去。

「青雪同學？妳……怎麼會在這邊？身體沒事了嗎？」萬里訝異地問道。

虧自己還特地去向老師解釋了一長串，看來是有點多餘了。學校距離青雪住的公寓有好一段距離，既然能跑到這裡來，就說明她的病情應該不算太嚴重。

身穿制服的青雪沒有馬上接話，只是微微抬頭瞪了萬里一眼。

「……簡訊裡面說的，是真的嗎？」

「呃，關於我爺爺的事情嗎？」

「嗯。」

「雖然一大半是從后土大人口中聽說的，不過應該不會有錯。」萬里停頓一秒，最後決定讓無名土地神扛這個大鍋，免得到時候事情有變，青雪第一個就來找自己算帳。

青雪深深吸了口氣，這時萬里才發現，女孩裸露在外的肌膚似乎泛著一股淡淡的紅暈，和剛剛運動完、血管擴張的狀況有點類似。

「……我知道了。」青雪拍了拍制服裙襬上的灰塵，站起身。

「啊，等等。」萬里趕在狐妖女孩舉步離去前，出聲叫住，。「青雪同學，妳的身體……」

「沒事。」青雪頓了頓，悄悄別開目光，「現在還沒事。」

──意思是之後會有事囉？

萬里暗自在心中腦補。

「是什麼樣的病況？人類的醫生治得好嗎？」

「治不好。」

「我想也是……」萬里也只能苦笑，「那妳打算怎麼辦？回去繼續躺著？」

「不，有想到一個辦法，等等試試。」

「有我能幫忙的地方嗎？」萬里不太抱希望地問道。自己的專長畢竟是除妖，替妖怪看病什麼的，可不在守護者的業務範疇內。

「沒有……不。」青雪正想反射性地搖頭，卻像是突然想到什麼般地改口：「有的，有你能幫上忙的地方。」

「真的假的？」

「楊萬里，你有沒有貼上之後就能讓對方動彈不得的符咒？給我一張。」青雪毫不客氣地伸出手，向萬里討要符咒。

「有是有啦，不過妳要拿來做什麼？」萬里抓抓頭，掏了掏書包的口袋，自從火鳥事件過後，他就養成了隨身攜帶幾張符咒的習慣。

「這叫做明王不動咒，把符貼在別人身上之後，可以限制對方的行動一段時間，不過效果不太穩定，從幾秒鐘到十分鐘以上都有可能。」

「明王不動……？我怎麼記得應該是個叫做不動明王咒的東西？」青雪狐疑地接過符咒。

「啊？是這樣嗎？我還以為是專門用來束縛用的咒法，所以試著做了幾張看看，原來搞錯名稱了？」萬里不以為意地笑笑，渾然不知這已經完全不只是名稱搞錯而已。

——居然連咒的名稱和本來的用途都不清楚，這種人畫出來的符真的有用嗎……

青雪不禁嘆了口氣。

「楊萬里，你大概是史上第一個被妖怪糾正咒法名稱的驅魔師了。」

「呃，我說過幾次了，我不是驅魔師。」萬里苦笑著糾正。

「……算了。」

「話說回來，青雪同學，妳要束縛用的符咒做什麼？可別對其他人類或妖怪亂用哦？」萬里不太放心地多問了兩句。

「拿來治病。」青雪用指尖挾著薄薄的紙符晃了晃，露出一抹淡淡的淺笑。

還沒等萬里反應過來，她就如輕煙般轉出操場，消失在通往校園外的道路盡頭。

治病？萬里有點傻眼地站在原地，默默咀嚼著這兩個字。

——難道青雪同學有什麼過動症之類的嗎？不過靠著符咒頂多也就束縛個幾分鐘，感覺不像是要用在這種地方……

萬里猶豫了一下要不要追上去問個清楚，但最後還是因為得去練球而作罷。反正出借的也不是什麼有重大殺傷力的符咒，應該不必擔心青雪會拿去鬧事才對。

想到這，金髮男孩很心安理得地往球場去了。

「喂，楊萬里，你差點就要遲到了。」

「抱歉，隊長，剛剛有點事。」

「沒關係，反正教練也還沒來，趕快先去熱身吧。」硬生生比萬里還要高出半個頭的校隊隊長聳聳肩，指揮著球員們開始熱身。

正當全體隊員維持著肚腹著地、四肢舉起，呈現如跳傘運動員般的詭異姿勢訓練核心肌群時，某個球員才姍姍來遲。

「你太慢了，快過來趴下。」籃球隊隊長維持著詭異的跳傘姿勢，有些不悅地說道：「上次練球你就晚到了，這次又有什麼藉口？」

其他隊員不禁用佩服的眼光看著臉不紅氣不喘的隊長。要知道這項訓練可是得憑一股勁撐著，如果不是核心肌群相當強悍，要能做到一邊訓話、一邊維持姿勢，可不太容易。

「上次是真的下雨……」

「所以這次就是真的遲到囉？」隊長看了一眼放在地上用來計秒數的手機，翻身站起，「時間到，大家可以暫時休息。」

「呃……上次是真的有下雨啊，原本打算要出門的，看到下雨我就以為不用練球嘛。」

「少來，前幾天學校這邊晴空萬里，你住的地方又沒離多遠，哪有可能你家下雨，球場沒下。」

「是真的啦！」遲到的隊員有點急了，急忙辯解：「還是太陽雨欸，天上沒幾片雲，就下得淅瀝嘩啦的。」

「照理來說，冬天是不太可能出現太陽雨的哦。」剛剛喝完水的萬里忍不住插了一句。

「太陽雨的形成，大多是因為夏天強烈的對流，或是颱風外圍的小型風雨。這些在冬天都不會有，所以基本上是不會有太陽雨的哦。」

「嗯？」籃球隊長的眼神爆出凶光，巨大的胸肌直逼到那個隊員面前。

「真、真的啦！我不知道為什麼，但那確實是太陽雨沒錯，真的有下雨啦！」

「我不管上次是怎樣，你今天就是練球遲到！給我先去跑十組折返跑！現在！」連續兩次練球遲到的隊員手足無措地強辯，連講話都結巴起來。

「是、是！」

在隊長的怒吼下，那個隊員只好滿臉苦樣地開始了十趟的來回狂奔。

萬里不以為意地聳聳肩，轉身撿了顆球去投籃。

——太陽雨。

如果那個隊員沒有說謊，那麼或許又有什麼怪事發生了。

萬里手腕一彈，讓球漂亮地刷網入框。

結束練球、換好衣服後，萬里按照計畫，啟程前往青丘商行探視小露兒。然而當他來到商店門口，敲響厚重的玻璃門時，一股異樣感悄悄蕩漾開來。

也未免太安靜了。

「我還以為小露兒肯定會高興地跑出來迎接呢……」萬里抓抓頭，把這個根本不可能發生的推測拋在腦後，乾脆地推門而入。

商行內部依舊是那副紙箱堆積如山、鬼影幢幢的模樣，只是這次更為寂靜，就連萬里踏在地板上的腳步聲都清晰可聞。

「小露兒？我來看妳囉，有沒有乖乖的啊？」萬里輕喚著狐妖幼女的名字，視線在紙箱投下的陰影處來回搜尋著。

「嗚嗚嗚嗚，嗚！」

突然一陣含糊不清的低吼聲，從某個陰暗的角落傳出。萬里沉下臉，翻手抽出一張符咒，壓低身體緩緩朝那個方向移動。

黑暗中，一團嬌小、看不清輪廓的物體，在地板上不斷蠕動，撞得周圍紙箱砰砰連響。

萬里不敢掉以輕心，手一翻又掏出另外三張符咒，朝半空中扔去。

「三簇火巡，照我前路！」

符咒迅速燃起靈火，懸浮在天花板下，照亮了周圍的景象。

「眩！」

雙眼才剛適應光線，萬里就毫不猶豫地甩手射出最後一張紙符。符咒綻放出耀眼的金光，像是硬紙卡般高速旋轉著飛射而出，精準砸中那個不明物體，發出「叮」的清澈回響。

「咦？」萬里傻眼地放下手。

填滿室內的光線漸漸褪去，出現在他眼前的，是被符咒砸得暈頭轉向的小露兒。她的嘴巴裡被塞了一塊破布，雙手雙腳則被麻繩毫不留情地捆了起來，可想而知，剛剛那陣模糊的低吼聲，就是小露兒發現萬里到來而發出的求救信號。

萬里趕忙蹲下身替她鬆綁，順便替小露兒捏捏人中，多少讓她回點氣。過了好半晌，狐妖幼女才悠悠地醒了過來。

「唔……怎麼回事……」

「小露兒，發生麼事了？妳怎麼被綁起來了？」萬里趕忙關心地詢問。

「剛剛聽到金髮小子的聲音……然後突然一片亮……唔……我怎麼什麼都不記得了？」澄露小妹妹壓著自己的額頭，困惑地喃喃自語。

「沒事沒事，我絕對沒有拿符咒扔妳，別在意哦。」萬里微笑著摸摸小露兒的頭，撿起落在地上的麻繩細細查看。

沒搞錯的話，這應該是用來綁緊貨物用的繩索，多半是在商行裡就地取材的，所以也沒辦法以此查出什麼端倪。

「小露兒，是誰把妳綁在這裡？這種綁法，應該不可能是妳自己弄的吧？」

「啊！」小露兒像是想起什麼事，猛地跳起，滿頭金髮和毛茸茸的尾巴全都氣得蓬了起來。

「金髮小子，你聽我說，今天下午當我正在享受點心和茶的時候，有個黑漆漆的無禮傢伙闖進這裡，話也不說一句就突然撲上來，然後……然後我的身體不知道為什麼就動不了了，你看！」狐妖幼女說著背過身，將其中一條尾巴舉到萬里面前，淚水在眼中不住打轉，「我珍惜的尾巴毛被扯掉一整撮了啦！」

仔細一看，小露兒尾巴末端的白毛被凌亂地扯下一片，連底層那稀疏的細毛都露了出來，光看就覺得很痛。

萬里不動聲色地把視線從小露兒掀開的裙襬下方移開，把一瞬間映入眼中的粉紅小熊圖案趕出腦海，接著他站起身，仔細環顧四周。

地上還散落著自己剛剛扔出去的符咒，以及綑綁用的麻繩及塞口布，除了這些以外，似乎就沒有其他值得被稱為線索的東西了。

「金髮小子，你是這塊土地的秩序守護者吧？既然這樣就給我好好負起責任，找出犯人是誰，保護我的安全啊！雖然只是暫時居留，但我堂堂三尾狐妖應該也有獲得庇護的權利吧？」小露兒眼中噙著淚水，憤憤不平地伸手拍打自己貧脊的胸部。

但另一邊的萬里卻沒有馬上回應，而是蹲下身從地板上拾起一張紙片。是符咒，而且和他平常使用的符紙是同一種樣式。儘管在咒力耗盡後，符咒上的墨跡顯得有些黯淡，但由毛筆寫成的字型卻仍能清楚辨識。

明王不動。

萬里的笑容有點僵硬，他想起了稍早前出借的那張符咒，和手上這張完全一模一樣。

「金髮小子？你發什麼呆啊？我在跟你說話欸。」

「抱歉，小露兒，可以稍微描述下妳被襲擊的詳細情況和時間點嗎？」萬里順手將符咒塞進口袋，轉身面對插著腰生悶氣的澄露小妹妹。

「具體時間大概是……兩個多小時前吧？我點心才吃到一半，商行的大門就突然被推開。」小露兒餘悸猶存地縮起肩膀。

「我正準備先躲起來看看情況的時候，有個黑頭髮的女人就衝了進來，往我臉上貼了不知道什麼東西，讓全身變得動彈不得。」

萬里吞了口口水，巧妙地別開目光。

「那個女人把我用繩子綁起來之後，扯掉我尾巴上的一撮毛逃跑了。過了一陣子，突然有道閃光往我頭上砸過來，然後你就出現了，真是有夠莫名其妙。」小露兒抱住頭，努力挖掘著記憶深處。

「嗯，原來如此，我大致明白了。」萬里點點頭，用手指托住下巴裝出沉思的模樣。

看來犯人毫無疑問就是青雪了，至於她為什麼要突然襲擊小露兒，就又是另一個問題了。

記得青雪臨走前，說過要用那張符咒治病？治什麼病？

想到這邊，萬里不禁皺起眉頭。

既然她選擇襲擊小露兒，那麼可以判斷，小露兒身上擁有的某種特質是青雪生病時需要的，如果沒有那個，就會讓病況加重。

——青雪缺乏、又是小露兒獨有的特質嗎……

「該不會，青雪同學其實是個百合蘿莉控？」萬里似乎發現了驚人的事實。

「講什麼鬼話啊這位同學……」

「也是啦，畢竟是那位青雪同學嘛。」萬里抓抓頭，把那個會破壞倫理觀的恐怖推測拋到腦後，重新陷入沉思。

「小露兒，狐妖的尾巴毛有什麼特殊功能嗎？」

「你要幹嘛？該不會也想拔吧！休想，想都別想！」澄露小妹妹瞬間把蓬大的尾巴藏到自己身後，露出牙齒發出「嘶～」的威嚇聲。

「我沒有想要啦，只是想說，說不定那個黑漆漆的傢伙，是朝著妳的尾巴毛來的？」萬里連忙伸手安撫反應過度的狐妖幼女。

「是這樣啊……」澄露小妹妹舒服地瞇起眼睛，任由萬里撫摸頭頂，「狐妖的尾巴毛其實沒什麼特別的，應該說，特別的是尾巴本身。」

「尾巴本身？」

「沒錯，一般來說，狐妖的每條尾巴都代表著一百年的道行。這可不僅僅是外觀上的變化而已，我們的尾巴啊，是用妖氣匯聚、凝鍊而成的，有些道行高深的千年大狐妖，甚至還能把尾巴的力量分出去，創造具有獨立意識的實體分身呢。」小露兒珍惜地摸摸自己柔軟的三條尾巴。

「與其說狐妖的尾巴是道行高低的標誌，不如說尾巴就是道行本身，可是很珍貴的哦。」

「原來如此，那麼那些毛果然是……」

「就只是我一小部分妖氣的聚合體而已，拿到手也無法使用那些力量，就算能用，只拿這麼一點也沒什麼意義。」

「拿到手也不能用？」

這和萬里一開始的推測差了十萬八千里。

原以為青雪是想藉機竊取小露兒的道行，但似乎並非如此。

——難道青雪同學真是犯了色癮的百合蘿莉控?!

萬里按住額角，腦海中一瞬間閃過這個超失禮的想法。

「為什麼我總感覺你一直在想些毫無營養的東西啊？讓這種年輕又沒多少經驗的小鬼當土地的守護者，真的沒問題嗎？」小露兒半睜著眼睛吐槽，但萬里沒有理她。

「總之，事情的原由我知道了，這段時間我會好好追查清楚。小露兒平常沒事就把門鎖緊，不要隨意外出，好嗎？」

「也只能這樣了，真傷腦筋……」

「對了。」萬里突然想起自己今天原本的目的，收起笑容正色說道：「小露兒，我有件事情得提醒妳。」

「什麼事情啊？」

「雖然可能會讓妳的修行停滯，但我還是希望小露兒在滯留於此的這段期間，能盡量別對這塊土地的人類或妖怪出手。不然要是有人中了三尾狐妖的媚術什麼的，我會很難處理。」

狐妖幼女呆了呆，忍不住輕笑出聲，最後更是笑得在地上到處打滾。

「怎麼了？有什麼好笑的嗎？」萬里有些莫名其妙。

「啊哈哈哈，金髮小子，說你嫩還不承認，這種事情就別瞎操心了。」小露兒勉強憋住笑，擦了擦眼角擠出的眼淚，「放心，我不會對這個地方的任何人出手的。

應該說，我本來就不曾施展過任何媚術啊？」

「咦？可是狐妖一族不是……？」萬里愣愣地張大嘴巴。

都已經擁有百年道行了，怎麼可能從未用過媚術？

「所以就說你太嫩了，金髮小子。」小露兒得意地挺起胸膛，三條尾巴左右搖晃。

「我和普通的狐妖可不同，那種到處採捕修練的方式雖然很速成，可是妖氣強度卻會因為多種精氣互相混合而不純，就算修了兩百年道行，實際能力可能還會比道行剛滿百年普通妖怪還差。」

「是這樣啊……」

「再加上我化形而成的樣貌，年紀實在太小了，缺少女人的特徵。就算施了媚術，也不適合用採捕之法修練，乾脆就走別的路囉。」

「嗯……小露兒，妳這副樣貌在現代，可能意外地還挺有市場的哦？」萬里想到最近流行的蘿莉文化，忍不住苦笑。

「真的啊？」小露兒眨眨眼，伸手捏捏自己嬌小柔軟的胸部，貌似認真思考了一下，最後還是搖搖頭。

「算了，現在要改也來不及了。一旦採用純種妖氣的修練方式，如果在有成之後又混入低等生物的精氣，之前修的妖氣和道行就會全散了，功力較深者甚至還會有生命危險，所以到了我這個地步已經沒辦法回頭了。」

「也是，這樣也好。」萬里深深點頭。

能不鬧事是最好，免得到時候還得找 **FBI** 來處理澄露採捕的對象。

「那，所謂採取純種妖氣的修練方式，具體來說是怎樣呢？」萬里好奇地詢問，一瞬間想到似乎也不用採捕當作修練方式的青雪。

「這就因人而異了，我的話，就是經營這間商行囉。」小露兒哼哼地翹起鼻子，張開雙手擺出相當了不起的姿勢，「我和各種高等的妖族和靈能者簽了契約，每次有商品買賣或借貸關係，我都能收到妖氣作為酬勞。」

「這樣的話，不會有妖氣混雜的問題嗎？」

「哼，你以為那些高等妖族的氣都和人類一樣低劣嗎？最高級的妖氣就只是純粹的力量，才不會有那種問題。」

「這樣哦？」這倒是第一次聽說。萬里抓抓頭，暗暗在心中記下了。

「就是這樣。」

「既然不用陰陽採補就好辦了。我會去追查一下那個襲擊妳的嫌犯的，小露兒記得把門窗鎖緊就好。」萬里拍拍狐妖幼女的頭，起身準備離開。

「好好幹啊，金髮小子。」小露兒竄到其中一堆紙箱山頂頭，居高臨下地用鼻尖噴氣。

「知道啦。」萬里露出苦笑，接著像是突然想起什麼般地回過頭。

「雖然現在問可能有點晚了，小露兒，妳之前說是因為有人拜託妳某件事，所以才會來到這塊土地對吧？」

「沒錯。」

「那麼，現在能不能告訴我那個人的身分，還有被拜託的事情內容呢？」萬里的眼神一瞬間變得犀利，像是要試探什麼般，直直刺向狐妖幼女。

受到如此質問的小露兒沒有正面作答，而是輕笑了一聲，翻身隱入紙箱堆之中。

「其實你已經很接近真相了哦，金髮小子。」

第四章——狐狸嫁女・肆

叩叩叩。

萬里嘆了口氣，看著緊閉的房門。

離開小露兒的青丘商品行後，他打了好幾通電話給青雪，卻都沒有人接。後來改用簡訊嘗試聯絡，也只收到「身體無恙」半清不楚的四個字回訊，敷衍的意味濃厚。再那之後又過了幾天，青雪還是沒有更多的消息，也沒來學校上課。萬不得已下，他只得親自殺來查看，但果然還是硬生生吃了一頓閉門羹。

「青雪同學？妳在裡面吧？可以至少回應我一下嗎？」萬里朗聲說道，不禁覺得自己有點在浪費時間。

正當萬里認真地考慮破門而入會不會有問題時，門鎖的另一端發出喀擦一聲，青雪的半邊臉龐從門板後緩緩探出。

「……楊萬里，你來幹嘛？」

「妳還好意思問哦……」萬里強撐著微笑，像是老練的推銷員一樣，用手肘和腳尖頂住門板的邊緣，不讓屋主輕易關上門。

「說吧，妳用我的明王不動咒都做了些什麼？」

「……」青雪開始用力地想關上門，萬里則從反方向施力，牢牢頂住。

雙方在一陣沉默的角力後，青雪才總算放棄抵抗。

「我拿去治病了。」她面無表情地說道。

「少來……我都知道了，妳襲擊了那個新來的狐妖，還拔了人家的尾巴毛對吧？用那張符咒。」

「……是又如何？」

「是的話，我會很難辦啊……」看著爽快承認的青雪，萬里不禁頭疼地扶住額角。

「還記得我們剛碰面的時候，妳答應我絕對不會在這塊土地上鬧事嗎？」

「嗯……記得？」

——這傢伙剛剛轉開視線了吧……絕對是忘得一乾二淨了吧？

萬里內心又是一陣無奈地嘆息。

「總之，青雪同學的行為已經完全不在容許範圍內了，作為土地的守護者，我有責任必須管束妳，聽懂了嗎？」

「你要怎麼做？把我綁起來？」青雪沉默了一下，擺出嫌棄的眼神。

「唉，至少告訴我，妳拔了別人的尾巴毛做什麼吧？不然我這個守護者也太不稱職，對其他人很難交代啊……」

看著一臉苦瓜樣的萬里，青雪偏頭想了想，似乎是稍微起了點同理心，側身開門，讓出一條路。

「進來再說吧。」

第二次進入青雪獨居的房間，萬里已經沒有上次那種既期待又怕受傷害的心情，裡頭也是一如既往的整潔空蕩，沒有半點裝飾品和帶女孩子氣息的擺設。

只是那股若有似無的香味，這次變得更加濃烈了，雖然沒有到刺鼻的地步，但卻隱隱透出了一股誘人的氣息，就連氣定神閒的萬里，剛進房間時，心神都為之一盪。

而青雪依然是那副不怕冷只穿白T恤的模樣，她走到床邊坐下，兩條腿在床邊晃呀晃，眼睛卻定定地注視著左顧右盼的萬里。

「青雪同學。」

「嗯？」

「妳有用香水或芳香劑嗎？」

「沒有。」

「這樣啊……」一凝神，將味道的部分拋在腦後，萬里輕咳了一聲。

「直接說重點吧，請問青雪同學到底是生了什麼病，還得不惜冒著風險去拔其他狐妖的尾巴毛呢？一定非得要那種東西才能治病嗎？」

「尾巴毛也沒用的。」青雪緩緩垂下眼，玩弄著床單上的皺褶，「只是延緩發作的時間而已。」

「果然……」萬里掩著自己的半邊臉，無奈嘆道：「這病是不是有點嚴重啊？之前妳要我別管，所以我也沒追問，但放著不處理沒問題嗎？」

「……當然有問題。」

「既然如此，青雪同學至少也把病因和症狀告訴我吧？雖然可能幫不上什麼忙，但至少彼此心裡也有個底，現在事情鬧大了，我也才能對那個狐妖有個交代。」萬里認真地說著，盤起一雙健壯的手臂。

「而且放著不管會有問題的話，不就應該好好向別人尋求幫助嗎？青雪同學這樣什麼都不說，只是自己躲著，只會讓情況變得更嚴重而已哦。」

「……嗯。」

「雖然看起來挺半吊子的，但我好歹也是正式的土地守護者，青雪同學遇到疑難雜症的時候，其實可以多依賴我一點也無所謂哦，尤其是這種關乎身體和生命的事情。」萬里和善地微笑，強壯的身板和天生氣質，讓他顯得相當可靠。

「你這樣說，我也……」狐妖女孩別開臉，水波在她細長的黑色眼睛裡打轉，袒露的手臂、脖頸與雙腿肌膚，透出血管擴張所顯現的緋紅色。

萬里皺起眉頭，突然發現今天的青雪一改之前陰沉黯淡的氣質，顯得有些嬌媚蕩漾，但他沒有太過放在心上。

也許只是燈光掩映下的錯覺吧。

「至少能告訴我病因和症狀吧？細節我不會過問的。」

儘管萬里盡力拿出誠懇的態度又問了一次，青雪卻還是抱著雙膝不發一語，房間裡只能聽到桌上時鐘秒針的滴答聲。

「狐妖的尾巴毛只能延緩發作時間？」萬里嘆了口氣，耐心地換了個方式重新來過，他知道依照狐妖女孩平時沉默寡言、又不喜歡多做解釋的個性，要她說明整個來龍去脈確實是強人所難了些。

青雪點點頭。

「這個病是妖怪才有的吧？」眼看這個問法有效，萬里緊接著拋出下個問題。

青雪再度點頭。

「是屬於傳染病的類型嗎？」萬里一想到這不禁有點擔心，考慮找個口罩還什麼的替青雪戴上。

還好狐妖女孩這次搖了搖頭。

「該不會是什麼遺傳的罕見病症之類的吧……？」

青雪依舊面無表情，緩緩搖頭。

「沒有我能幫上忙的地方嗎？」萬里不死心地再次向她確認，其實這個問題他早已問了不下數次，所以這回也沒抱多大希望，只不過是以不問白不問的心態試試。

不料青雪的身軀卻突然一震，抬起頭來，不置可否地用那雙水汪汪的眼睛回望著他。

「呃，難道有人類也能插手幫忙的方法嗎？」

青雪閉上雙眼，肩膀緊縮，似乎在強忍著什麼痛苦，過了一會才舒了一口長氣，嘴唇輕顫。

「……幫我把楊百里找來。」

「我應該已經說過，我爺爺的靈體已經耗用很多力量，不到最後時刻不能現身了吧？」萬里有些頭疼地重申一遍。

「不然妳至少告訴我找他有什麼事吧，說不定我能代為轉達，或是用其他方法來實現青雪同學的要求？」

「……」青雪緊咬著下唇，不發一語。

「呃，難道有什麼難言之隱嗎？」

點頭點頭。

「唉，好吧……」事到如今，萬里也真的束手無策了。既然問不出個所以然，照理來說，他身為守護者有著應盡的職責，也就是懲罰或驅逐無故傷人的妖怪，但他實在不是想要出手退治這個已經熟識的狐妖女孩。何況只是拔別人一搓尾巴毛而已，應該罪不致死才對，應該。

「真的不想說的話也沒關係，總之，青雪同學先好好休息吧，我幫妳去問問后土大人，讓他定奪該怎麼處理，這樣可以嗎？」金髮男孩無奈地攤手，他知道青雪的個性本來就頗乖僻，說不定這樣一直噓寒問暖反而會造成反效果，於是轉身準備離開。

「幫我把楊百里找來。」

「嗯？剛剛不是說過了……」萬里詫異地回過頭，發現青雪的臉色不太對勁，不僅臉頰變得潮紅，呼吸還相當急促，白色T恤隨著她的胸口起伏著。

「幫我把……楊……」青雪的眼神像是喝醉那樣，如絲般迷離著，手掌合著夾在大腿內側，微微仰視站在不遠處的萬里。

「妳怎麼了嗎？青雪同學？」萬里皺著眉回到床邊，彎下身查看狐妖女孩。

青雪的皮膚有如發燒的病人般泛著潮紅，過於寬大的T恤垂掛著，讓她其中一邊肩膀和曲線曼妙的鎖骨一覽無遺。

空氣中的不知名香氣陡然濃烈起來。

「萬里……」青雪輕喘著氣，伸手攬住了萬里的肩膀。

——等等。

萬里的腦海瞬間一片空白，只能看著青雪紅潮滿布的臉蛋離自己越來越近、越來越近，熾熱的吐息從狐妖女孩微張的雙唇間漏出。

「萬里……抱我……」

「呃，先等等。」

不等萬里出手將她推開，青雪就柔若無骨地將身體靠了過去，一雙裸露的大腿主動纏上萬里的腰間，讓柔軟的胸部壓上他的胸口。

女孩鮮紅的舌頭微微伸出，舔拭著金髮男孩的脖頸處，一人一妖的身體緊緊纏在一起。

萬里可以透過青雪那薄薄的白T恤，感受到她劇烈到幾乎要奪腔而出的心跳。

——這是怎樣？？？？？？？？？？？？

在青春期的雄性生物本能發作以前，萬里的腦海中倒是先被問號填滿了。

「青雪同學？」

「哈啊、哈啊……萬里……萬里……抱緊我……」

「不可能的吧……」萬里苦笑著，努力嘗試把與青雪交纏的肢體解開。

要是現在對意識不清的青雪做了什麼，等她恢復正常後還不把自己給殺了。

「那……吻我……」青雪媚眼如絲，唇瓣微張，舌頭稍稍伸了出來，朝萬里的嘴邊湊去。

強烈的雌性氣味，隨著狐妖女孩的這個動作灌入萬里的鼻腔，使他腦袋一暈，差點就被這勾魂攝魄的香氣給晃飛了意識。

「我說等等啦……」萬里繃緊神經，咬住牙關抵禦這幾乎能消滅理性的味道，即時用手指擋住青雪的嘴唇。

即便是對妖怪的幻術和催眠術見怪不怪，甚至已經可說是免疫的萬里，面對這激烈到近乎露骨的求愛行為，也有點招架不住。

而且平常的青雪，總是維持著那股冰寒刺骨的態度，現在卻突然變得如此色氣，這個巨大的落差讓萬里措手不及，完全沒有應對的餘裕。

況且就算萬里再怎麼比同齡的學生成熟穩健，本質也不過是個未經世事的高中男生。眼前的女孩不但意識不清，身上還只套著一件T恤，充滿誘惑力的肉體就這樣零距離地貼在身上，要在數秒鐘內保持清醒並想出辦法解決，也真是太難為他了。

「嘖……」萬里姑且嘗試著以徒手的力量，把青雪從身上「解開」，但效果卻遠不如預期，就算其中一隻手腳被扳開，狐妖女孩還是會以完全不必要的靈活度，再次變換姿勢纏上來。更糟的是，隨著萬里抵抗時手掌的觸摸和揉捏，青雪裸露在外的皮膚漸漸發紅、發燙，還不時從微張的唇邊漏出嬌媚的喘息聲，小小的學生出租公寓，頓時濃香四溢。

「青雪同學，已經夠囉，別逼我使用暴力……」

正當萬里無奈地嘆息，第一千萬次把狐妖女孩白皙的大腿從他的腰間扯開時，青雪帶著朦朧的眼神，以不同於剛才的迅雷不及掩耳之速，伸出雙手扣住了金髮男孩的脖子。

「萬里……」

「等等，妳該不會是要……」雙手都在糾纏的時候被青雪的大腿壓住，萬里只能傻眼地看著狐妖女孩滿布紅潮的臉漸漸逼近。

「哈啊……嗯……」

溫熱的唇瓣壓了上去，青雪半瞇著眼睛摟住萬里的脖子，擠出了彼此人生的第一次深吻。

不同於一般青澀男女的那種沾沾嘴唇就算了的接吻，狐妖女孩的舌尖靈巧地探入，尋求著更深入、更刺激的快感。隨著一人一狐接觸的時間拉長，青雪的呼吸越來越急促，雙手和兩腿逐漸夾緊，喉嚨深處也發出滿足的嬌吟。

過了幾秒，萬里才從上至理智、下至身體四肢的大當機中回復過來，他的眼中倒映出青雪那充滿淫氣的眼神，以及透著紅潮的雪白肌膚。

咕嚕。

隨著深吻的節奏，青雪的喉頭微微動了一下。

萬里感覺到自己的腦袋中，發出了什麼東西斷裂的聲音。

他不再留情地使勁抽出雙手，抓住青雪的腦袋兩側，把她從自己面前扯開。狐妖女孩的嘴唇隨著這個動作，牽出一條透明的絲線，眼角還閃爍著淚水的細長雙眼中滿是欲求。

「抱歉了，青雪同學。」萬里雙手握住青雪單薄的肩膀，順勢將她推開，狐妖女孩瞬間宛如失去了全身的力氣，仰倒在床單上。

青雪原先夾住萬里腰間的雙腿，也脫力般地落下、垂掛在床沿，白色T恤危險地往上翻，讓狐妖女孩柔軟的大腿根部一覽無遺。

萬里的眼中似乎燒起了熊熊烈火，緩緩伸出手。青雪別開紅潮滿布的臉頰，一手虛握著擋在剛才接吻過的嘴唇前，另一隻手則輕軟地捏住自己的T恤下襬，配合著金髮男孩逐漸靠近的身體，微微張開白皙的大腿。

「明王不動！」

啪！

萬里快手一揮，一張符咒就整整齊齊地貼在青雪發燙的額頭前，狐妖女孩立刻失去抵抗能力，癱軟下來。

青雪在被封住行動後，像是機器過熱後的自動關機般瞬間失去意識，就這麼昏了過去。緊接著伴隨砰的一聲，頭頂冒出了象徵妖化的狐耳，毛茸茸的深青色尾巴也從白T恤底下竄了出來。

空氣中的不知名香氣漸漸淡去。

「呼……」萬里伸手擦了擦臉上的汗，從旁邊拉過被單蓋住青雪沉睡的身軀，這才長吁了一口氣。

——好險，差點就真的傳宗接代去了。

金髮男孩苦笑著，總算擠出餘裕思考接下來該怎麼做。

「總之，先把青雪同學帶去給后土大人看看吧？」萬里一敲手掌心，想到了這個萬無一失的方法。

人解決不了的事情，丟給神準沒錯。

「不過，還真的是好險啊……」萬里瞥了一眼青雪的睡臉，雖然已經淡了很多，但狐妖女孩雪白的肌膚還是隱隱透著一抹紅暈。

想起了稍早前她近乎失控的撩人姿態，萬里無意識地伸手碰了碰自己的嘴唇。

睡著的青雪與平常冰冷的氣質、或是剛才妖媚大膽的模樣完全不同，端正的五官柔和地放鬆著，長長的睫毛也垂下來蓋住眼睛，給人一種無害小動物的感覺。

不過見識過青雪手握兩把狐火，殺氣騰騰地瞪視別人的樣子，萬里可完全不敢怠慢，又掏出了縛妖用的白色細繩，把青雪的手腕和腳踝部分纏好，這才小心翼翼地把她裹著被單背了起來。

正要走出門時，萬里突然想到一件事情。

「呃……照道理來說，青雪同學醒來之後，應該會忘記剛才的事情吧？」

應該吧？

——一定要忘記啊，青雪同學。

萬里的心中五味雜陳，只能忍著一抹苦笑，推門走了出去。

「萬里學弟……沒想到，你居然是這種禽獸不如的人……」林筱筠哽咽著，用指尖擦了擦眼角的淚水，別過頭，「是我看錯你了，以後我們……還是別來往了吧。」

「不，等等，事情不是妳想的那樣……」

「別再說了，我知道的。」貓妖女孩搖搖頭，伸出一根手指，堵住了萬里正待辯解的嘴唇，露出諒解的微笑，「我不會去報案的，就算是罪犯也好，變態也罷，你都還是我重要的學弟和救命恩人啊，曾經是。」

「為、為什麼要用過去式來陳述？」

「不過，雖然我承諾不會把學弟給供出去，但還是要勸你一句，以後別再做這種傷天害理的事了，好嗎？」林筱筠溫柔地撫了撫萬里的臉頰，像是在勸告年紀比自己小很多的弟弟。

「呃……我覺得我們之間存在著很深的誤會。」萬里的眉尖顫抖了下，擠出一抹苦澀的笑容。

「我會陪學弟一起去警察局自首的，所以請安分點吧。」貓妖女孩把手掌放在胸口，往前踏了一步。

「不、不用了，話說回來，妳剛剛不是才說不會把我供出去嗎？」反射性地往後退了一步，萬里強笑道。

「一碼歸一碼。」

「這完全是同一件事好不好……」

「既然好死不死被我撞見了，那我就不能放任不管。」林筱筠正氣凜然地說著，又往前踏了一步，「但最令我痛心的是，沒想到萬里學弟居、居然是這種……」

「這種？」萬里也跟著悄悄後退，心裡暗叫不妙。

「採花賊！」林筱筠滿臉通紅地大叫，瞬間爆出了貓耳和尾巴，朝萬里撲了過去。

「不是這樣的啦！」萬里手掌抓緊裹著青雪的被單，靈巧地躲過。

「還說不是，那你為什麼身後背著意識不清的青雪同學！還用被子包著？這明明就是一副事後的樣子！說、說不定還是迷姦……什麼的……」林筱筠越說越小聲，咬牙切齒地忍住羞恥感，滿臉通紅地瞪著金髮男孩。

「就說妳誤會了啦……」萬里一時之間不知道該從哪邊開始解釋起，只好搖頭苦笑。

他才剛從青雪住的公寓翻牆出來，正準備一路鑽過小巷子、衝到無名土地神的小廟時，就好死不死地撞見不知為何正好路過附近的林筱筠。她一看到萬里背上沉睡的青雪，還有狐妖女孩那疑似沒有穿衣服的裸肩，事態沒過幾秒就無可避免地演變成這種情況了。

「筱筠？筱筠？妳在這裡嗎？」

「妳好慢哦，我們買好東西啦，快回來！」

巷子外突然傳來呼喚貓妖女孩的聲音，讓對峙中的兩人同時身軀一震。

「夏晴？雨晴？」聽到雙胞胎姐妹的叫喚，林筱筠大喜過望地回過頭。

「筱筠？」

這下糟糕了。

如果萬里在心中排一個在這種狀況最不想遇到的人的名單，那些難搞又大嘴巴的女生絕對榜上有名，尤其是自己目前的情況確實看起來超可疑的。

「我在這……嗚！」

「抱歉了，學姐。」不得已之下，萬里只好伸出手掌捂住林筱筠的嘴，一把將她勾在懷裡。

「嗚嗚……咦……」貓妖女孩奮力掙扎了兩下，卻敵不過萬里訓練有素的強壯手臂，被牢牢扣在他的胸膛上。

從學姐唇間漏出的熱氣衝在萬里的掌心，他卻不為所動，保持挾持兩女的狀態開始逃跑，打算一口氣衝刺到無名土地神那裡再開始從頭解釋。

這下要是被第三個人看到，就真的百口莫辯了。

萬里冷汗直流，一邊使勁扛著青雪，一邊拉著臉紅到幾乎要噴出蒸氣的學姐，拚命在小巷中曲折奔跑著。

所幸這一路上都沒有被人近距離目擊，很順利地闖過最後一條馬路，推開緊閉的大門進入小廟中。

確認沒事後，萬里這才放開林筱筠，把仍舊昏迷不醒的青雪靠在地面散亂的軟墊上，撐著自己的膝蓋大口喘氣。

「要、要在這裡嗎？」林筱筠左顧右盼了一陣，看到一個個胡亂擺放的坐墊，忍不住抱住自己的肩膀。

「在這裡什麼？」拖著兩個女孩跑了這麼一長段路，萬里好不容易才回過氣，一下子沒搞懂林筱筠的語意。

「萬里學弟不是打算在這邊，把我和青雪學妹一起……那、那個嗎？」

——什麼啦？

萬里傻眼。

「沒想到萬里學弟玩這麼大……但，這樣不行的哦，男人太花心可是得不到女孩子的真心的。」

「呃，容我解釋一下……」

「而且就、就算要做那種事，和、和青雪學妹一起什麼的……果然太害羞了……」林筱筠滿臉通紅地掩住臉，看了一眼青雪露在外面的狐耳，啊地叫了一聲，好像領會到了什麼事。

「該不會，萬里同學喜歡有動物耳朵的女孩吧？也就是……獸耳控？」林筱筠說著，羞恥地伸手捂住自己頭上的貓耳朵。

「不是啦，讓我解釋……」

「本神從剛才聽到現在，這是終於要傳宗接代了嗎？」

不等萬里整理好思緒，無名土地神的聲音就從神龕裡傳了出來，把林筱筠嚇得跳了起來。

現場的混亂程度瞬間又往上加了一級。

「不錯不錯，一次挑兩個有妖怪血統的女孩雖然少見，但也不失為一種選擇。那就快點就地把正事辦了吧，本神特此保證不會打擾你們的。」

「萬、萬里學弟，那個聲音是怎麼回事？傳宗接代又是怎麼回事？果、果然是要對我們做那種事吧？你倒是回答我啊。」林筱筠慌張地抓住萬里的衣領不住搖晃著。金髮男孩的眼神在經歷這一長串變故後，已經徹底死去，任由學姐隨意拉扯自己的衣領。

他決定暫時不去解開包裹著青雪的棉被了，如果給這一人一神看見狐妖女孩那僅僅身著一件白T恤、手腳還被綁住的模樣，自己恐怕是跳到馬里亞納海溝裡都洗不清了。

總不能把青雪搖醒，然後說「喂，快跟他們說，是妳先撲過來想上我的」吧？

而且萬里還真的不確定，青雪那件T恤下面究竟是有內衣褲呢，還是名為「真空」的危險狀態。

保險起見，還是維持現狀比較好。

於是萬里也賞了學姐一發明王不動咒，然後把地板上一半的軟墊全扔到神龕上，才讓這兩個失控的傢伙好好聽完整件事情的來龍去脈。

當然他還是巧妙地省略了青雪暴走時的細節，只大概提了一下發病時的症狀。

「原來如此……」

「沒錯，大致上來說就是這樣，后土大人，您有什麼辦法嗎？」

「簡而言之，萬里小子就是差點把那邊那個狐妖給上了對吧？」

「說什麼呢后土大人？」萬里燦爛地微笑，手掌啪的一聲重重砸在供桌上。

「咳，本神是說，你小子可有想過，為何那個狐妖會突然冒出來，還待在鎮上生活如此之久嗎？根據你之前的報告，我們幾乎對這個小姑娘的出身背景一無所知，說不定這就和她的病因有關？」

萬里沉默下來，這個問題他也不是沒有想過，但一來感覺問了也會被青雪白眼，二來自己和青雪在一開始就訂了互不侵犯和干涉的協定；加上狐妖女孩在這段時間以來也挺安分守己，所以萬里始終沒有深究過她的身世、背景，以及造訪這塊土地的目的。

萬里甚至沒有聽說過有其他純血妖怪，像青雪這樣長期混入人群中生活。

當然狐妖這種妖族算是特例，但從青雪自始至終沒有絲毫改變的妖氣來看，她似乎也沒有對人類施行媚術、採捕修行的跡象。

還是說，青雪有什麼方法，能夠瞞過自己足以看穿事物真實面的眼睛，暗中魅惑男人修行？

萬里不禁陷入沉思。

林筱筠眨了眨眼睛，來回看著土地神的神龕、不發一語的萬里，以及沉睡的青雪，一下子不知道該說些什麼。

過了一會，后土才嘆了口氣，重新開口。

「好吧，先不說那個狐妖的身世，只看眼前的情況的話，本神倒是有辦法把那個女孩弄醒。」

「真的？」萬里抬起頭。

「不過會不會再出現相同的症狀，本神也無法保證，畢竟神明不是這方面的專家。」

「也是……」

「不過，若只是臆測的話，本神倒還有一個看法。」

「您請說。」萬里此時仍抱著少許期待。

說不定無名土地神真的看出了什麼端倪？

「有可能是發情期吧？」

「……發情？」

萬里呆呆地在嘴巴裡咀嚼「發情」這兩個字，林筱筠則驚訝地掩住嘴唇。

「后土大人的意思是……動物的那種發情期嗎？恕我直言，雖然狐妖有著和狐狸相近的外型，但大多數的動物型妖怪，通常都不會繼承野獸的習性……」

「但是狐妖不一樣。」無名土地神如此斷言。

「本神以前聽百里小子提過，狐妖一族為了迎合採捕修行的特性，每過一段時間就會有所謂的發情期，尤其是狐妖女性，在發情期間會特別渴求雄性的刺激。」

「這樣啊……那會嚴重到意識不清的程度嗎？」萬里頭疼地指指絲毫沒有清醒跡象的青雪，想起她之前總是用「生病了」當作敷衍的解釋。

「這部分本神也不清楚。」

「那要怎樣才能讓發情期的狐妖恢復正常呢？吃藥嗎？」林筱筠蹲下身，擔心地查看青雪白裡透紅的臉色。

「最簡單的方式，就是用雄性的肉體滿足母狐妖的欲望了吧？畢竟發情的本能就是渴求交合行為不是嗎？」

話才說完，所有人的視線不約而同地聚集到現場唯一一個具有交配能力的男性——萬里身上。

「免談，我會被殺掉。」萬里苦笑著交叉雙手，比出「先不要」的手勢。

「不然，那個狐妖小姑娘可有情人或伴侶？把他叫來，來一發即可。」

「據我所知是沒有啦……」萬里抓抓頭，完全無法想像青雪牽著不知名男人的手，幸福地在路上逛街的模樣。

「就這樣放著，等發情期自動過去不行嗎？」林筱筠有點心疼地看著青雪緊閉的眼皮。

「應該不會如此容易，否則的話，當年百里小子也不會特意提到這件事。」

「我爺爺還研究過狐妖啊？」萬里有些意外地抓抓頭。

不過仔細想想，據說楊百里年輕時外貌俊俏、風流倜儻，招惹了不少人妖兩界的女孩，就算養了幾個狐妖情人，似乎也不算太奇怪。

——莫非青雪是楊百里當年的情人？

萬里猛然想到這種可能性。

據小露兒的說詞，狐妖的每條尾巴代表一百年的道行，青雪的狐尾很明顯沒有第二條，所以可以合理推算她的年紀應該在百歲以下，還算在百里年輕時的範圍內。

這麼一想，這個假設確實也不無可能。

——要真是這樣，我不就得叫她青雪奶奶了？

發現這個驚人事實的萬里，抱著頭獨自陷入恐慌的情緒中。

「還是乾脆讓本神把那個狐妖小姑娘叫醒好了？直接問本人比較快。」無名土地神提議。

「這樣不會有問題嗎？」萬里有些擔心地說，萬一青雪一醒來，又不分青紅皂白地撲上來亂舔，到時候就麻煩大了。

在眾目睽睽下，可就完全沒有辯解的餘地了。

「根據本神的推測，她應該只是在耗能過多後，進入了自我防衛式的休眠狀態，短期間內要再陷入失控的狀態，機率應該很低。」無名土地神頓了頓，補上一句。「要是情況真的瀕臨失控，萬里小子你再給她一記咒法，不就又服服貼貼了嗎？」

「話是這樣說啦……」

其實萬里心底最擔心的情況，反而不是青雪繼續陷入發情的媚惑狀態，而是當狐妖女孩恢復正常醒來後，第一件事情，就是直接抓出狐火把他給滅口。

那種情況下，萬里還真沒把握能毫髮無傷地制住青雪。

不過眼下確實也沒有其他辦法，繼續讓青雪保持沉睡也不知道會不會出問題，只好硬著頭皮試試看了。

萬里忍不住暗暗嘆了口氣。

會變成這種進退維谷的窘況，果然是因為自己作為守護者的實力還不夠成熟嗎？如果是身為妖怪專家的楊百里親至，想必能用更安全、也更為合理的方法幫助青雪，也不用像現在這樣，只能用走一步是一步的賭博心態來處理這件事情了。

「萬里學弟，萬里學弟？」

「啊，抱歉，剛剛發呆了一下。」萬里抬起頭，目光對上正疑惑地望著他的林筱筠。

「怎麼辦，真的要把青雪學妹叫醒嗎？」貓妖女孩回頭望了望依舊沉睡的青雪，神情有些猶豫。

「既然目前沒有更好的辦法，我認為值得一試。」萬里正色說道。

雖然得冒著被殺掉的風險就是了。

「后土大人，得麻煩您出手幫忙了。」

萬里沒有說出話語的下半句，而是轉向空無一物、只有一幅黑幕籠罩著的神龕。

「沒問題，你把供在本神壇前的線香，拿個幾柱去，放在狐妖小姑娘的鼻唇之間，讓她吸入煙氣，片刻後即可清醒。」無名土地神指示著，讓萬里拿下幾柱香。

「學姐，麻煩妳了。」

「咦？為什麼？」林筱筠不解地看著萬里用「天將降大任於斯人也」的眼神，把線香塞在她的手中。

「這個嘛……我畢竟是個男性，如果青雪同學醒來之後，第一個看到的是我，恐怕不太好。」萬里意有所指地苦笑道。

林筱筠啊的一聲，似乎聽懂了什麼，於是她接過線香，蹲下身，把線香放在青雪的鼻尖下方附近，讓一縷輕煙緩緩飄散在空氣中。

萬里退到一旁，雙手捏著符咒，聚精會神地注意狐妖女孩的動靜，如果真有什麼突發狀況，才能立刻保護林筱筠的安全。

過了一會，青雪的眼皮在眾人的注視下動了動，接著緩緩睜開。

「青、青雪學妹？」林筱筠有些緊張地吞了口口水，試著呼喚青雪的名字，萬里則從貓妖女孩的後方探出腦袋查看。

青雪的眼神依然有些迷離，臉龐也維持著隱隱透出紅暈的模樣，儘管如此，她仍然鎮定地環視著周遭，並嘗試活動了一下手腳。

一秒後，她默默靜止下來，似乎發現自己的手腕和腳踝都被細繩綁住了。

青雪的視線略過站起身將線香拿開的學姐，定在萬里的身上。

「……殺了我。」她面無表情地別開頭，臉頰卻瞬間染滿了紅暈。

——這傢伙，絕對記得自己做了什麼。

萬里嘆了口氣，翻手收起符咒。

「看來妳總算清醒點了，青雪同學。」他走到青雪身邊，蹲了下來，「有覺得哪裡不舒服嗎？」

「暫時還好，倒是……」青雪微微起身，包裹著身軀的被單無聲滑落。

狐妖女孩沉默地看著自己的手腕，不知名的細繩綑在肌膚上、牢牢綁住她的雙手，裸露的腳踝附近也有相同的細繩，將下肢徹底束縛住。

「……楊萬里，這是你的興趣嗎？」維持著木然的神情，青雪的臉龐似乎又紅了幾分。

「萬里學弟……」

「萬里小子……」

萬里感受到了三道充滿壓力的視線，不得不一正臉色，清了清喉嚨。

「請別誤會，這是為了避免青雪同學又有什麼失控的舉動，才做的防範措施。那只是普通的紙繩，用外力稍微一扯就會斷了，請放心。」

「變態……」

「噁心……」

「都說了不是這樣的！」

這次不只是青雪，就連林筱筠都煞有其事地對萬里擺出嫌棄的臉色，讓金髮男孩內心大受打擊。

「那，你來替我解開。」青雪淡淡地舉起手腕。

「好，我知道了……」萬里苦笑著，伸手幫忙替她解開四肢的束縛。

隨著腳踝的細繩也被扯斷，青雪像動物般輕輕伸展雙腿，伸了個懶腰。

「青雪學妹，我剛才聽學弟說，妳是不是生病了？」林筱筠擔心地靠了過來，上下打量著青雪清涼的衣著，「穿這麼少沒問題嗎？」

「沒事。」狐妖女孩搖搖頭，轉開視線。

「還是其實是萬里學弟把妳脫光……」

「並沒有！」

萬里無奈地伸手擋住學姐的嘴唇，阻止她繼續問下去。

「青雪同學，我想妳必須說明情況。」

「……」面對萬里認真的眼神，青雪卻只是沉默地別開臉，一語不發。

「妳如果不好好說明清楚的話，要是有什麼萬一，我們會無法應對的。青雪同學也不喜歡被人當作失控的未爆彈來處理吧？」萬里頗為頭疼地勸說。

「……我知道了。」

「所以如果可以的話……咦？」萬里微微睜大眼睛，似乎有點意外狐妖女孩會這麼快妥協。

「我會好好解釋的。」青雪緩緩站起身，眼眶中依然盪漾著水波。「但是……」

「但是……？」

「我只和你說，楊萬里。」青雪不由分說地看向萬里，眼神堅定。

「欸？」

應著青雪的要求，無名土地神將意識暫時退出前廳，林筱筠也在交代萬里晚點要和她連絡後，回去找走散了的夏晴和雨晴。一時之間，小廟的前殿只剩下青雪和萬里兩人。

「青雪同學？」

萬里看青雪遲遲沒有動靜，於是開口喊了一聲，她才猛然回過神。

「楊萬里，我之前跟你說過，我生病了。」青雪嘆了口氣，依然是那副波瀾不驚的模樣。

「嗯。」

「這也不算騙人。」青雪欲言又止地頓了頓，才接下去說道：「只是也不算實話。」

「我了解。」萬里苦笑。

「這種症狀……通俗來說，類似動物發情。」講出那兩個關鍵字，似乎就連青雪都有點難為情，臉頰染上一抹暈紅。

「原來如此……」

——還真的是發情期？

萬里在心中吶喊著，原本他還以為只是土地公垃圾話般的猜測，沒想到居然意外準確？

「那，要怎麼辦……？」金髮男孩有些尷尬地抓抓頭。

「不行。」

「什麼不行？」

「你一定在想，發情的話，和異性交配就能解決了吧。」青雪緩緩搖頭，眼神中映照著牆角點著的燭光，「很遺憾的，一般的狐妖也許可以，但我不行。」

「為什……啊！」還來不及為青雪那露骨的言語感到害臊，萬里想起了不久前小露兒對他說過的話。

在狐妖族中，如果不選擇使用媚術、採捕修行的方式累積道行，而是走其他法門自行修練，煉出的妖氣雖然純正、不會有精氣混雜不純的問題；但如果在有成之後又混入低等生物的精氣，之前修的妖氣和道行就會全數消散，功力較深者甚至還會有生命危險。

貌似有這麼一回事來著。

「是這樣的嗎？」萬里把小露兒告訴他的事實轉述了一遍。

青雪點點頭。

「大致上就是那樣，我們夜狐族的修練方式，是純走自修，不採捕。」青雪吸了口氣，稍稍縮起肩膀，「但狐妖的體質為了迎合採捕修行的習性，成年後每過一段時間就會動情一次，夜狐族的狐妖這種時候都會特別難熬。」

「我懂了。」萬里撫著下巴，忍不住問道：「青雪同學，妳難不成是……」

「嗯，我剛成年沒多久，第一次動情。」

「那，怎麼辦？放著不管沒問題嗎？還是可以硬撐到這個時期結束就好？」看來如果有必要的話，還是得考慮把青雪綁住，關起來一陣子才行。萬里在心中暗暗琢磨著。

「不，會有這種失常的現象，就是因為身體擅自判定獲得的妖氣不足，因此以『發情』的方式迫使狐妖去採捕修練。若是沒有解決最根本的問題，動情的情形只會一直持續下去，直到發狂死亡。」青雪疲累地閉上眼睛。

「但在夜狐族的案例中，如果忍不住破了戒，也會面臨道行全失的危險，一樣也是死。」

「噢……」怎麼感覺來去都是個死字……

萬里頭一次感受到事情的嚴重性。

「那，以往青雪同學的族人，都是用什麼方式度過動情期的呢？」

「其實不難，因為只是妖氣不足引發的症狀，所以由同族長輩輸送一些過去就好了，同是夜狐族，不會有妖氣混雜的問題。」

「哦，難怪妳之前要去拔其他狐妖的尾巴毛……」萬里想起了遭受池魚之殃的小露兒，暗暗苦笑。

「那個狐妖雖然也不走採捕修練之道，妖氣純正得多，但畢竟與夜狐族還是有差。她的妖氣只能拿來緩解症狀，無法根治。」

「也就是說……非得找其他的夜狐族來不可嗎？青雪同學的族人呢？」話說到這，萬里才想起他對青雪的身分、來到此地的目的以及家世背景都一無所知，也因此在應對這次的事件上，才一直處在如五里霧中的被動狀態。

看來是自己對青雪太掉以輕心了，要是她真的懷抱著惡意潛入這塊土地，後果恐怕不堪設想。

萬里暗自在心中反省。

「我的族人……」青雪頓了一下，猶豫的思緒在眼中閃動著，她緩緩低下頭。「我的族人……」

「沒搞懂嗎？夜狐族就剩下她啦。」

摺扇輕揮，一個穿著古式長袍的身影落座在空蕩蕩的神龕前，絲毫沒有把剛好不在的正主兒放在眼裡，一抹促狹的笑意從紙扇邊緣透出。

「爺爺！」

「楊……百里？」青雪呆呆地看著輪廓有些透明的俊秀青年，嘴裡不敢置信地喃喃念著。

「爺爺，您的靈體不是……」

「無妨。」楊百里揮揮手，打斷萬里驚訝的詢問，「我就是為了這件事，才特地留下這片靈魂的。」

「為了這件事？」萬里愣了半秒才反應過來。

如果楊百里所言非虛，那麼事情的脈絡就很容易理解了。

「十六年前，有位夜狐族老友前來拜託我一件事，那時妳還在母親的肚子裡呢。」楊百里輕笑道，「妳的父母，難道沒有留下話提到我的事情嗎？」

青雪沉默了半晌，才點點頭。

「剛成年的時候，如果身體有異常狀況，就去找一個叫楊百里的人。他雖然人很怪又好色，但會幫助妳的。」青雪面無表情地背誦著父母親的說詞，讓青年楊百里的臉部迎來一陣不自然的扭曲。

「人很怪又好色？」萬里轉頭看向這個晚年時管教嚴厲的爺爺。

「咳，那只是誤傳，總之呢……」楊百里用力清清喉嚨，正色說道，「自從以這個姿態現身後，我都一直待在后土大人身邊，所以直到剛剛才確定那個夜狐族的孩子就是妳。這些年來辛苦了，星爆。」

「星爆？」萬里的下巴險些掉了下來。

「嗯？不是叫這個名字嗎？我記得當時他跟我說要取這名字的啊……」楊百里狐疑地搓搓下巴。

「我叫衛青雪，名字是母親取的。」青雪冷聲說道。

「嘛，看來最終是夫人贏得了命名權嗎？」楊百里一臉無所謂地再度展開摺扇。

在他對故友的記憶中，那個對命名有著奇怪品味的妖怪，其實意外地怕老婆，因此就算不叫星爆了也不算太奇怪。

「總之，您會幫青雪同學解決這個問題吧？爺爺？」萬里的心情稍微放鬆下來。如果楊百里親自出馬的話，要讓青雪平安度過發情期，應該不會太困難才對。

「說什麼呢，要解決這個問題的人，是你啊。」楊百里笑呵呵地揮著摺扇。

「我？」

「是啊，雖然還殘留下一部分的力量，但這副模樣頂多就是個記憶的殘片，所以我的任務只是留下來告訴你們解決的法門，而不是替你們解決問題。」楊百里說完，高深莫測地合起紙扇。

「年輕人啊，與其給他們魚吃，不如教會他們怎麼釣魚比較實在呢。」

「好吧。」萬里抓抓頭，如果知道方法的話，他倒是不介意代這個勞，「具體來說要怎麼做呢？」

「其實也不難，只說結論的話，你們兩個馬上結婚就行了。」

「……」萬里面帶微笑，臉上寫著「麻煩您再說一次」。

「不好理解嗎？只要你們兩個，萬里和青雪，結婚、成為伴侶、超越一般男女關係，就能免除這個體質帶來的麻煩了。」

「讓我死吧。」

「至於這樣嗎青雪同學……」萬里的嘴角抽動了一下，勉強維持住平常的微笑。

「沒有別的方法了嗎？楊百里。」不動聲色地表現出對「和萬里結婚」這件事感到極度厭惡的青雪，接口問道。

「沒有。」

「那我選擇死亡。」青雪面無表情地說，眼神已先一步徹底死去。

「青雪同學，先別急著蓋棺論定，根據我對我爺爺的了解，事情未必會如字面上的意思。說是『結婚』，也許不一定得真的結為夫妻。」萬里一彈指，從小到大被楊百里玩弄、訓練的經驗，讓他得以迅速看出癥結點。

「不愧是我的孫子，洞察力值得嘉獎。」楊百里滿意地點點頭。

「沒錯，所謂的『結婚』，並不一定要有實際上的關係，只要讓青雪小妹的身體認定你為眷屬就行了。」

「這不是更糟糕了嗎！」就連萬里都忍不住激動地吐槽。

青雪則在一旁呈現「呃啊啊啊我選擇死亡」的低落狀態。

「原理很簡單，發情的症狀之所以會出現，就是因為狐妖的身體判斷妖氣不足。夜狐族的傳統做法是讓修為較深的同族，過嫁一小部分的妖氣到後輩身上。」楊百里搖著摺扇，氣定神閒地解釋著。

「但在我們無法這麼做的情況下，只能以同一個原理來操作出類似的結果。」

這番話讓學力並不甚強的萬里和青雪聽得頭昏腦脹。

不過，好歹萬里作為守護者的實力也是實打實地鍛鍊上來的，洞察力和思路比常人清晰許多。他立刻聯想到不久前，青丘商行的店主狐妖小露兒提過，她自己也不是以陰陽採捕的方式修行，而是向高等妖物和靈能者索取純度高的妖氣做為報酬，慢慢轉化修行。

「……我好像懂了。」

「哦？你說說看。」楊百里興味盎然地勾起嘴角，看著已經成長許多的孫子。

「簡單來說，並不是真的必須和青雪同學相戀，或是有進一步的關係，只要讓她承認我是『眷屬』，我就能以某種方式供給妖氣給青雪同學，是這樣沒錯吧？」

「沒錯，不愧是我的孫子。」楊百里滿意地點點頭。

萬里心頭微微一動，露出微笑。

「要讓沒有血緣關係的兩者，迅速承認彼此是親人的最快方式，就是『結婚』了。而且比起實質上的關係，這個手段反而比較看重儀式的部分，所以你們也不必擔心會需要做什麼奇怪的事，當作掛個名就好。」楊百里眨眨眼，故作不經意地補上一句，「當然如果妳不嫌棄我家的孫子，想和他風流快活一陣，我也沒有意見就是了。」

「請放心，不會發生那種事情。」青雪毫不留情地一口否決。

「那，具體來說要怎麼做呢？而且說到底，我也沒有妖氣，這方法真的可行嗎？」萬里皺著眉，心裡隱隱覺得爺爺說的話不太可靠。楊百里從以前就老愛隱瞞一些關鍵的事實，在萬里幼小的心靈留下了深刻的印象。所以即使是這種楊百里不惜拆解靈魂、留下殘片的大事，萬里也不太敢完全依靠他的判斷。

「放心，這辦法當然可行，雖然你沒有妖氣、是個普通人類，但作為靈能者可是完全合格，我這些年的教養可沒有白費。」楊百里有些得意地揮揮扇子，「至於具體的實行嘛……」

「不能請其他高等妖族來幫忙嗎？」萬里看了看青雪陰沉的臉色，忍不住多問了一句。

真要說的話，這塊土地上他認識的高等妖族至少也還有小露兒，如果真如楊百里所說，自己作為靈能者的實力被認可，雙方談好條件的話，說不定她會願意幫忙。

「不行，我也說過了，夜狐族的修練方式比較特殊，就算是高等妖族，也難免有妖氣混雜的問題，但人類就不會。」楊百里乾脆地否定了萬里的提案。

「眼下這附近能找到的高靈能人類，就只有你了。況且爺爺和她父親也是舊交，幫這個忙也是應該的，你就認了吧。」

「我知道了。」萬里苦笑著聳聳肩，其實如果真的能救青雪，他也不是真的很排斥來個形式上的結婚。只是考慮到青雪有點極端的脾氣，和楊百里過往的不良紀錄，身為在場唯一的正常人，萬里還是不得不思考得周全些。

「妳呢？讓這小子幫忙沒問題吧？」楊百里轉向從剛才開始就沉默不語的青雪。

「反正，沒別的辦法了吧？」青雪淡淡地用就事論事的語氣說道。

「老朽不才，十多年來，就只想得到這個方法。」楊百里笑呵呵地用紙扇掩住嘴。

「……告訴我們該怎麼做吧，楊百里。」

「嗯，其實做起來並不困難……」

第五章——狐狸嫁女・伍

隔天，萬里和青雪一起出現在小露兒的青丘商行前，依照楊百里的吩咐來做所謂結婚儀式的準備。

「喲，小露兒，最近過得好嗎？」萬里滿是朝氣的招呼聲，卻被狐妖幼女以凶狠的瞪視回應。

「為什麼我非得幫尾巴毛小偷的忙啊……」小露兒縮在角落裡，氣鼓鼓地抱著自己的尾巴，還時不時露出牙齒，對著青雪發出警告的低吼。

後來萬里才知道，小露兒認識的楊家先人，不是別人，正是大名鼎鼎的楊百里。她這次特地把整間商行都搬來，就是受了楊百里之託來幫忙的。

至於當年小露兒是欠了楊百里什麼人情，在萬里開口詢問的時候，他卻只是搖著摺扇笑而不語。

「好啦小露兒，別這樣，人家青雪同學也道歉了啊，妳就大人有大量，別這麼計較了吧。」萬里苦笑著摸摸小露兒蓬鬆柔軟的頭髮，好聲安慰道。

在萬里的堅持下，青雪姑且是用念稿般生硬且平板的語氣，把道歉的臺詞背了一遍。但這種毫無誠意的方式，自然無法獲得當事人的原諒。

「我不管啦，那個女娃兒拔了我的尾巴毛欸，憑什麼我要原諒她啦……」小露兒委屈的淚水在大眼睛中不斷打轉，眼看就要滴下來時，被她用力揉臉擠了回去。

自知理虧，完全說不上話的青雪只能在一旁乾瞪眼。

「不然這樣好了，等這次忙完之後，就當我欠妳一個人情，好不好？」

「真的嗎？」小露兒的眼神立刻亮了起來。

「真的，不過不能有太過分的要求哦，只要在我力能所及、又不會傷害別人的的範圍內，我可以幫妳一個忙，這樣可以嗎？」萬里也知道在妖怪的世界裡「一個人情」的代價有多大，所以先把底線給畫清楚。

小露兒用力點頭，嘿咻地跳了起來。

「說好囉，這次算你欠我一個人情哦？」

「好好好，那我們可以趕快開始嗎？」

「當然，跟我來吧。那邊的女娃兒也跟上，別走丟了。」小露兒狐心大悅，甩著三條毛茸茸的尾巴，轉身鑽入紙箱和木箱堆成的小山縫隙內。

萬里和青雪互看了一眼，趕緊追了上去。

「喏，拿去。」小露兒翻找了一陣，挖出幾個小小的白布袋，塞在萬里的手中。

「這是什麼？法器嗎？」萬里舉了舉手，發現重量沒有想像中沉。

「只是普通的糯米和麵粉。啊，對了，楊百里那傢伙沒有告訴你們，到我這兒要做什麼吧？」

萬里和青雪一齊搖頭，他們只接收到前往青丘商行做儀式準備的囑咐，實際上究竟要做什麼準備，內容完全不詳。

「那小子真是的，每次都把說明的工作丟給別人……」小露兒鼓起臉頰，不太高興地拿起其中一個小布袋，從裡面掏出一搓白色的粉末結塊物，「這是我特製的酒麴，你們這次的工作，就是來釀製儀式上要用的酒。」

「呃，可是我們不懂釀酒啊？」萬里尷尬地說，一旁的青雪也拚命搖頭。

「別擔心，我等等會教你們。」小露兒把酒麴放回袋子，又鑽回箱子堆裡，扔出各式鍋碗瓢盆。

「因為時間不夠，不能慢慢等著讓它發酵，所以這邊我會加入特製的藥引，極限縮短成酒的時間，但品質就會比較不穩就是了。反正也只要喝一次，味道不是這麼重要。」

翻找的途中，紙箱堆還一度因為不穩而坍塌，差點把小露兒活埋在裡面。幸好萬里即時上前，用手臂和肩膀頂住各種雜物的雪崩，才免去在釀酒之前得先展開挖掘狐妖幼女的額外作業。

「準備好了就開始吧，釀酒的工作只能由你們兩個進行，旁人不能插手或旁觀，會釀出什麼樣的酒就全看你們了，加油吧！」準備好器材，說明完釀酒的製程後，小露兒握拳敲敲自己貧瘠的胸膛，一溜煙跑去躲起來了。

「好，那青雪同學，我們先從浸泡糯米開始吧。」萬里捲起袖子，抱來幾桶清水。

「哦……」青雪不太帶勁地小聲回應，來到金髮男孩身邊幫忙。

這次要釀製的是米酒，據小露兒的說詞，其實並不一定要米酒，用水果酒、葡萄酒也沒關係。但是用米酒比較傳統，做法也簡單，只要把糯米泡水洗淨，煮熟後用冷開水沖涼，拌入酒麴，放入酒缸中，均勻撒上麵粉和縮短釀製時間的藥引，接下來就只要靜置幾天即可。

後續濾出酒渣和裝瓶的動作，小露兒會接手操作，這部分反而不需要兩人操心。至於兩個生手會釀出什麼樣的大爛酒，正如小露兒所說，反正只喝一次，味道也不太重要就是了。

釀酒的製程並不困難，比較麻煩的部分是某些步驟需要靜置材料一段時間，所以雖然製程簡單，但也不是隨便花個幾分鐘就能完成的工作。

於是無可避免，出現了萬里和青雪在浸泡糯米的等待時間，呈現大眼瞪小眼的尷尬狀態。

「……」青雪眼看沒事做，就去旁邊拉來一個紙箱，抱著膝蓋坐在角落。

因為被小露兒交代完成以前不能分開，所以萬里也沒多說什麼，他輕鬆地席地而坐，交叉手指陷入沉思。

熟悉的沉默當頭罩下，一人一妖儘管身處同個空間，彼此間也不算陌生，但不管是萬里或是青雪都沒有率先開口、打破這個尷尬氣氛的意思。

青雪是沉默寡言的本性使然，萬里則是平常釘子碰多了，已經習慣沒事就不去特別找話題和狐妖女孩閒聊，反正就算不說半句話，彼此間也算相安無事。

因此即便到了此刻，萬里也只是盯著泡在鍋裡的糯米，沒有注意到狐妖女孩悄悄投來的視線。

青雪的眼神中帶著一絲迷惘。

在她遭受體質反噬、陷入意識不清的渴求狀態時，儘管記憶有些模糊，但還依稀記得自己做了什麼。

她雖然相信萬里並不會因為自己失控的舉動而產生什麼多餘的感情或欲望，卻也不禁對人類的相處方式感到迷惑。

在隻身一人走入人類社會後，青雪知道了包括擁抱、親吻等肌膚之親，都是人類的戀人彼此間表達親密和愛意的方式。但眼前這個男孩，卻對自己近乎誘惑的肢體動作不為所動，甚至到了波瀾不驚的地步，讓青雪百思不得其解。

「楊萬里。」不懂的事情就要問，青雪把握這難得的獨處機會，向金髮男孩請教。

「嗯?怎麼了嗎?」似乎有些意外青雪難得的主動開口，萬里慢了半拍才回過神來。

「是我不夠有魅力嗎?」

「啥?」萬里傻傻地應了一聲，話題一下子跳得有太大，讓他有點跟不上。

「為什麼你那個時候有辦法忍住？是我不夠有魅力嗎？」

萬里呆呆地與青雪認真的眼神對視幾秒，這才意會過來。

應該要忍不住才對嗎？

「呃，請不要誤會，客觀來看，青雪同學也是相當有魅力的女性，只是我認為那種狀態不是應該出手的時機，這樣說妳能接受嗎？」萬里抓抓頭，盡可能客觀地說道。

確實，青雪的身材雖然不像林筱筠那麼凹凸有致，但論起身體比例，擁有狐妖血統的她仍是穠纖合度、腰細腿長，儘管稍微瘦了點，確實是個美人。只是刻意削短的頭髮，加上總是面無表情不講話，讓青雪在眾多女性中總是比較不起眼的一群。

「我懂了。」青雪點點頭，眼神依舊平淡。

「那就好。」聽到對方終於表示理解，萬里鬆了口氣。

「原來你是同性戀。」

「不是！」

「不是嗎？」

「很遺憾的不是。」萬里極力撇清。

「既然認為我很有魅力，那為什麼不像個男人一樣，該上就上？」青雪的眼波流轉，面無表情地別過臉。

「那是因為……」

「莫非，你有那方面的功能障礙？」青雪靈光一閃，微微睜大眼睛。

「並沒有！」

「膽小鬼。」狐妖女孩抱住雙膝，把染上一抹薄紅的臉頰藏在膝蓋後面。

「所以說……」

「真沒用。」

「喂……」萬里苦笑。

「沒骨氣。」

萬里的笑容僵在臉上。

啪啦啦的一串撞擊聲響過，狐妖女孩纖細的身軀被按倒在地上。萬里強壯的臂膀和矯健的身手，讓彼此間的距離在一瞬間化為零。

青雪雙唇微張，輕吐出一口氣息，並沒有多做抵抗，只是用溼潤的眼神，看著難得收起笑容的金髮男孩。

「青雪同學。」

「萬里……」

面露正色的萬里，看起來異常有魄力，甚至讓人不禁心生臣服之感，青雪在那副面容下，微微舒展身子，扭動腰肢擺出誘人的姿態。

萬里悄悄豎起右手的食指和中指，伸向狐妖女孩的嘴邊，青雪配合的張開雙唇，微微伸出舌頭。

「天樞、天璇、天璣、天權、玉衡、開陽、搖光。」萬里的手指連續七個轉折，重重戳在青雪的額頭上，「七星鎮魔！」

狐妖女孩被這毫不留情的一指戳得眼冒金星，眉心的皮膚瞬間紅了起來，一股不知何時散發而出的淡淡香味，也隨之消失。

「清醒點了嗎？」萬里露出微笑。

「嗯……」青雪無精打采地躺在地上，嘆了口氣，「還好你發現得早。」

「看來只是稍微顯露出來的話，就算是我也可以勉強鎮住，不過時間拖久了恐怕會很麻煩，我們趕快把事情做完吧。」萬里站起身，解除壓制青雪的姿勢，開始收拾因為剛剛那驚天動地的一撲而翻倒在地的紙箱和雜物。

青雪悄悄坐起，看著金髮男孩一邊檢視泡到一半的糯米，一邊喃喃背誦著釀酒的步驟，心裡有點五味雜陳。

至於為何始終都無風無雨的內心世界，會湧現這種奇怪的不知名情緒，就連青雪自己也不清楚。

也許是因為動情期的緣故，情緒波動會比平常更大？

「青雪同學，可以幫我找找有沒有插座嗎？不然沒法插電鍋的電。」萬里有點傷腦筋地回過頭。

小露兒幫他們把器材都準備完全了，卻沒有指點他們插座的位置，造成有電鍋卻沒電接的窘況發生。

青雪沉默地伸手接過電鍋，抱在懷裡，蹲下身在紙箱的空隙裡尋找插座。

「對了，青雪同學。」萬里手上忙碌著，隨口問道：「妳當初為什麼要特地喬裝成學生呢？如果只是來找我爺爺尋求幫助的話，大可以不必這麼麻煩吧？」

「……因為我想了解人類。」

「了解人類？」

「嗯，你可能不清楚，狐妖大概是妖族裡面，與人類關係最密切的一族。」青雪拿起電鍋的插頭，朝著某個縫隙中探入。

「因為修練方式的關係嗎？」

「嗯。」

「可是夜狐族不是不需要陰陽採捕？」萬里歪著頭，想起了這件事情。

「就因為不需要，身體卻擅自有著奇怪的生理機制，才讓夜狐族對人類的存在特別忌憚。」

喀擦一聲，青雪成功將電鍋接上插座。

「大部分的夜狐族女性，通常都隱居在荒山野嶺裡，幾乎不與人來往。」

「是因為不想冒著不小心動情而破功的風險嗎？」萬里檢查了一下糯米的浸泡狀況，決定把它們全部撈起來。

「嗯。」

「那青雪同學為什麼……」

「我想知道。」青雪直起身，定定看著萬里的雙眼，逼得他不得不暫時放下手邊的工作，「我想知道明明是異族，卻又和狐妖關係如此密切的人類，究竟是什麼樣子。」

「這樣啊……」萬里抓抓頭，忍不住多問了一句：「那妳的感想呢？從最近距離觀察人類，妳有什麼想法？」

「比想像中還無趣。」

「呃。」

青雪垂下眼簾，看著萬里把浸泡過的糯米和水放入電鍋，準備加熱煮熟，雙手輕輕交握。

「容易受傷又命短，喜愛爭鬥、欺騙、欺凌弱小，本性醜陋不堪，卻又偏偏喜歡群聚在一起，互相傷害。」

「這真是無可反駁……」

「而且就算不受體質影響，也一年四季都在發情，簡直把互相雜交當作娛樂，不論男女老少都是。如果要把人類編列一種主要特徵的話，絕對就是『性喜交配』了吧。」

「嗚呃……」身為道地人類的萬里，遭受這一連串中肯連擊，陷入低落的情緒，獨自坐在角落畫圈。

「真的欸……人類怎麼看都只有缺點……智慧低落又自以為是……還到處破壞大自然……為什麼不全退化成猴子就好了啊……」

「不過。」青雪閉上眼，嘴角藏著一抹若有似無的微笑，「即使如此，人類卻還是有美好的一面。」

「也是啦。」萬里苦笑著，不禁想起前陣子，林筱筠當面問他有關愛情的看法。

當時自己的答案儘管中規中矩，卻也顯示身為人類的自己，半選擇性地忽略了人性對愛情的瘋狂與執著，還有隨之而來的苦痛、災難，還有那因此而顯得淒美的部分。

「愛情這種東西呢，不就是兩個不同的人，願意一心一意爲對方著想、願意爲彼此付出全部事物，並因此感到幸福的感情嗎？」

金髮男孩在面對貓妖女孩的提問時，是這麼回答的。

但現在看來，這種回答卻也顯露了他在感情之事上過於天真和幼稚的一面。

因為就如青雪所說，現實中，人類往往是為了愛情癲狂、掙扎，並被這氾濫的感情淹沒，襯托人性醜惡的一面，卻也因此迸發出生命中最燦爛的光芒。

這確實很美。

但也讓人毛骨悚然。

「楊萬里，我們狐妖族，沒有選擇愛情的權利。」青雪淡淡說道：「從出生開始，就注定在水性楊花的採捕和幽閉修練中擇其一，所以人類這種可以為了選擇伴侶而煩惱的感情，對我們來說是相當珍稀的。」

「我了解了。」萬里無奈地笑笑。

「所以……」狐妖女孩有點羞恥地別過臉，「謝謝你願意為了幫我，做這些事情……」

萬里微微一愣，忍不住笑了出來。

「妳太客氣了，青雪同學，我是這塊土地的守護者，幫助妳也是職責的一部份。」萬里想了想，像是對待小露兒那樣，小心翼翼地伸手摸了摸青雪的頭，「青雪同學才是，這段時間辛苦了。」

「嗯……」青雪似乎有點不習慣這種觸碰，顫抖了一下縮起脖子。

「好啦，那我們趕快把酒釀好，回去休息吧。」萬里從袋子裡拿出酒麴，對著狐妖女孩微笑，「剩下的就交給小露兒來處理。」

「好。」雖然不太明顯，但青雪的嘴角確實有了一點上揚的跡象。

直到和青雪一起把麵粉和藥引均勻撒入酒缸、用大塊的麻布封好缸口後，萬里才發現，這好像是自己第一次在短時間內和狐妖女孩說過這麼多話。

幾天後，在楊百里親自選的某個良辰吉日，萬里洗漱乾淨後，身穿全黑的正式長袍，腰間用同色的布帶束住，正襟危坐地待在自家的客廳裡。

職業是警察的楊千里今天難得放假，於是帶上楊家的其他人去山上親戚家的民宿玩了，只留下萬里一個看家。也還好有這個預料之外的行程，否則要找到儀式舉辦的場地，可能要費不少功夫。

萬里看著窗外，大開的前院大門，已經引來幾個好奇孩童的張望，他忍不住嘆了口氣。

「那個……」

「嗯？」

「為什麼我得在這邊，陪萬里學弟你呢？」與萬里一起正坐在座墊上的是有些尷尬的林筱筠學姐，自從她接到萬里的一封訊息，得知了青雪的狀況後，就被邀請到這邊觀禮。

「嗯？我沒和學姐說嗎？」萬里疑惑地偏了偏頭，好不容易才把長袍上的皺褶都整平，他不想再有太大的動作，「因為活著的生靈不夠啊？」

「活著的生靈不夠？欸？」林筱筠呆了幾秒，「等等，莫非學弟你說的儀式，是、是有關活祭的？我是要被拿來當作祭品殺掉的嗎？」

「什麼活祭？」萬里一頭霧水地看著陷入慌亂、開始尋找逃跑路線的林筱筠。「我們辦的是結婚儀式啊？」

「結婚儀式?!」被更強烈的事實衝擊到完全失去自主意識的學姐，腦袋幾乎要噴出短路的焦煙。

「嗯，因為除了男女雙方以外，兩邊還要各出一個公證人，青雪同學那邊的公證人是小露兒；但是我這邊找不到人，因為爺爺已經不算是活著的靈魂了，所以還得補上一個，就想到學姐妳了。」萬里耐著性子解釋這個儀式的難處。

「因為會親眼看到與妖怪有關的異常現象，所以也不能隨便找個人代替，學姐願意來真是幫大忙了。」

「萬、萬里學弟……跟青雪同學……結、結婚……？」林筱筠彷彿變成了機器人，發出吱嘎吱嘎的聲音，僵硬地轉過頭。

「我們從剛剛不就是一直在說這件事嗎？」萬里有點莫名其妙地回答，「放心，學姐等一下只要站在特定的位置，念念誓詞就好了，不會太困難的。」

「好、好……不對啦！」林筱筠猛地跳起，抓住金髮男孩的肩膀猛搖，「為什麼你們突然結婚了啦，我們不是才高中而已嗎？」

「這也是沒辦法的事吧……」萬里無奈苦笑。

「為什麼沒辦法……」貓妖女孩的眼中熱淚盈眶，「難道……難道這世界上就只剩下我還單身……」

「呃……」

正當萬里和林筱筠還在快樂地雞同鴨講時，一股溼氣從開著的門外透了進來。

「哦？來了嗎？」萬里看向街道的方向。

「什麼來了？」林筱筠停止拉扯的動作，狐疑地嗅了嗅空氣。

一滴，兩滴。

原本晴朗的冬季天空中聚集了幾朵薄薄的雲層，開始朝地面灑落稀疏的雨水。太陽依舊高照著。

遠處隱隱傳來鑼鼓聲。

「來吧，學姐，我們去樓上看會比較清楚。」

「欸欸？要看什麼？」

萬里站起身，拉著林筱筠朝樓梯的方向走去。

來到頂樓的陽臺，萬里打開紗窗，雨水帶來的溼氣和涼意直直透入室內。

居高臨下俯視社區的街道，突來的太陽雨，讓路上本就不多的行人紛紛走避，轉眼間，不到十公尺寬的巷道便呈現空無一人的景象。

雨勢漸漸轉大。

在街道盡頭的彼方，一條列隊緩緩朝萬里家的方向走來。在雨幕的掩蔽下，似乎沒有人發現這浩浩蕩蕩的人流，正駛過毫無掩蔽的大街小巷。

無數個身穿正裝、戴著面具的人形，三兩人為一行，手持燈籠、旗幡、油傘等物，在前方開道。車隊中央有個用白紗籠罩著的小轎，分別由四名人形抬著。身形挺拔的楊百里手持紙扇，身穿與萬里相似的深色長袍，與嬌小可愛的澄露走在轎子的左右兩側。後面跟著手拿鑼鼓的面具人形，緩緩地維持著一定的節奏，奏響樂器。

眾人就這樣隨著樂手沉悶的拍子，一步一下，安靜且低調地緩行著。

整條人龍維持詭異卻安定的步調，簇擁著罩有白紗籠的轎子，一路走過拉下門簾的商店、大門緊閉的住家、積水的人行道凹痕，踩著鑼鼓敲擊的緩慢節拍，漸漸逼近萬里家。

「萬里學弟，你不是說活著的生靈不夠才找我來的嗎？為、為什麼有這麼多人啊？還是他們都已經……」似乎是由貓妖靈敏的知覺感受到那股濃烈的非人氣息，林筱筠的臉上流露出恐懼的神色。

「別擔心，那只是插上小露兒的尾巴毛後，擁有真實形體的式神，是我爺爺和小露兒合力做的。」萬里頗感興趣地瞇起眼睛，觀察著幾可亂真的面具人形。「不過……居然真的會下呢。」

「什麼會下？」

「太陽雨啊。」萬里指指天空，回頭露出一抹淺笑，「據說，狐狸嫁女兒的時候會下起太陽雨，提醒周遭的生人走避哦。」

「是哦……那，不小心看到的話，會怎麼樣？」

「會衰哦。」

「欸欸?!」

「他們再過不久就要到了，我們先下去吧？」

萬里拉著陷入「我這樣算不算不小心看到」糾結的林筱筠，走下樓回到客廳。

早在昨天傍晚，萬里就遵照自家爺爺的指示布置好了整間大廳，把多餘的家具和桌椅移走，將預備好的綢緞地墊一路從門邊鋪到堂上，在大廳正中央還有一片一公尺半見方的方巾，是待會萬里與青雪進行儀式時要站立的地方。

溫厚扎實的鑼鼓聲慢慢接近，戴著面具的人形依序排成一列，行經萬里家的前院門口，直到居中的白紗籠轎穩穩停在大門前，才宣告靜止。

所有敲擊的樂器聲，在那一刻全部回歸寂靜。

正坐在客廳坐墊上的萬里和學姐，同時屏住氣息。

楊百里親自走上前，揭開白紗籠的帷幕。

青雪全身罩在純白色的絹織長袍中，緩步走下轎子。畫著淡妝的臉龐，比起平時更顯姿色，同為白色的薄紗稍微遮住了她的及肩短髮，緩和黑髮與白衣在色調上的差異。純淨的白色衣著，讓青雪全身上下像是散發著透明的光芒般，耀眼逼人。

抱著酒罈的小露兒一馬當先走進院落，楊百里則打著油傘跟在青雪身後，替她遮雨。在他們踏進萬里家前院的瞬間，護送出嫁的隊伍旋即冒出一陣輕煙，變回一張張紙人，碎成千萬片的白色紙屑飄揚在空中。

一行人進入屋內，萬里與學姐起身迎接。

「好，我們開始吧。」小露兒嘿咻地放下酒罈，飛竄到方巾的右首站好，並指示學姐站到她的對面。

「乖孫，準備好了嗎？」

「早就好了，坐著等到腰都痠了。」

楊家的爺孫倆露出一模一樣的笑容，分別移步站到主持位和方巾的左半邊上。

青雪默默對學姐點了點頭，上前與萬里並肩而立，占據方巾的右半邊。

因為並不是正式的婚禮，加上這群人和妖大多不拘小節，所以沒有經過太多的繁文縟節就直接進入正題了。

「咳，我，楊百里，在此見證……」青年楊百里將紙扇收入袖口，展開一個紙捲朗讀道。

等主持照本宣科地念完證詞，並要求萬里和青雪重複一次誓言後，便輪到雙方的公證人頌詞。

「我，澄露，以女方公證人的身分見證……」狐妖幼女用嬌嫩的聲音宣布。

「我，林筱筠，以男方公證人的身分見證……」貓妖女孩看著小抄，一邊偷瞄萬里和青雪，一邊小聲念道。

等小露兒和林筱筠也分別念完各自的誓詞，萬里和青雪腳下的方巾開始隱隱散發光芒。

「是時候了，把酒跟酒杯拿來吧。」楊百里一揮手，小露兒就抱起酒罈，替擺在小桌上的小、中、大三個酒杯，依序斟上萬里和青雪前些天釀的酒水。

說是酒杯，其實是祭祀時用的酒碟，口闊底淺，美觀的意義遠勝盛酒的目的。

「你們兩個面對面，先從第一巡的小杯開始，萬里先喝，再換青雪，最後再換回萬里。沒喝完沒有關係，淺淺碰一下沾唇就好。」

「好，我先來吧。」萬里正對著青雪，接過酒杯，露出一如以往常的溫和笑容。

「嗯。」青雪沒有垂下眼簾，而是直直注視著那對穩重的雙眸。

「欸?這樣的話他們不就是、間、間接接吻……」

「妳太菜了啦，貓妖族的女娃子，不過是喝同一杯飲料，看妳慌成什麼樣子。」在場最年長的小露兒不屑地撇撇嘴，「虧妳的胸部發育得如此多餘，居然連這點自持都沒有。」

「這跟胸部沒有關係吧……」

萬里沒理會在旁邊吵嚷的兩隻妖，舉起碟子沾了一口酒，接著遞到青雪手上，讓她也重複同樣的動作。

腳下方毯的光芒稍微強烈了一些。

換到中杯時，在楊百里的指示下，飲酒的順序改為由青雪先喝，傳給萬里後，再拿回來喝一次。

敬完這兩巡的交杯酒後，萬里和青雪踏著的方巾顯現出複雜的紋路，隨著綻放的光芒微微浮動著。

「敬完第三巡的大杯酒後，你們就會正式締結眷屬關係，所以要好好喝完，這次由萬里先。」楊百里說完後，送上容積最大的那只酒杯。

萬里深吸一口氣後，估算著量，喝掉大約三分之一。

「……好難喝。」金髮男孩的笑容充滿苦澀，眉頭緊皺在一起。

「你們釀的囉。」楊百里拿出紙扇搧著，懶洋洋地說著風涼話。

「加油，結束之後，讓你們幾個娃兒嘗嘗我的珍藏。」小露兒開心地搖擺著三條毛茸茸的狐尾。

「未成年請勿飲酒。」結果被楊百里的紙扇重重敲了一下頭。

「喂！有什麼關係，他們現在就在喝啊！」

「現在這是沒辦法，別慫恿我的孫子喝酒。」

萬里再度選擇忽略打鬧中的一個死人和一隻妖，向正對他的青雪遞出酒杯。

「如果不喜歡味道的話，多留一點給我沒關係。」

「嗯，沒關係……」青雪伸出雙手，輕輕接過酒杯，湊到唇邊。

狐妖女孩撩開純白頭紗，緩緩地、深深地飲入她與這個守護者男孩，一同蹲在商行的陰暗角落裡釀出的酒水，透明的液體滲出她的嘴角，流下雪白的脖頸。

咕嚕。青雪的喉頭動了一下，象徵她完成了這個儀式中屬於她的責任。

方巾綻放的白色光芒，已經大漲到幾乎可以填滿室內，狐妖女孩的臉頰因為初嘗酒水而微微泛紅著。

「……換你。」

「嗯。」萬里接過所剩不多的酒，一飲而盡。

轉瞬間，方巾上的紋路噴湧出強烈白芒，活物般纏繞上萬里和青雪，吞沒兩人的身軀，將他們連結在一起。在場的其他人紛紛舉手遮擋強光，瞇著雙眼查看光暈裡的情況。

只見青雪和萬里同時伸出雙手，握住對方的掌心，狐妖女孩抬起頭，與金髮男孩四目相對。

「就是現在？」萬裡輕輕問道。

「嗯。」青雪閉上眼睛。

萬里低下頭，在青雪的額前印下一吻。

純白的光芒瞬間吞沒客廳，楊百里、小露兒和陷入「哇啊啊怎麼突然親親了」情緒中的學姐，同時別無選擇地遮住自己的視線。

過了許久許久，強光才漸漸消褪，當眾人恢復正常視野時，萬里和青雪已經行若無事地站在原地了

「完成了？」楊百里收起摺扇，露出滿意的微笑。

萬里放鬆下來，點了點頭。

「我檢查一下。」小露兒一躍上前，對著青雪的肩頸處猛嗅，檢視她的狀況。

「很好，已經沒問題了。剛剛那一下，已經把缺少妖氣的部分補起來了，之後要是有類似的症狀就比照辦理。」小露兒高興地宣布。

「下次就不用弄得這麼盛大了，你們之間的眷屬關係已經締結，只要用和這次一樣的方式，就能解決動情期的問題，恭喜你們。」

「雖然有點搞不清楚狀況，不過太好了呢。」還是在狀況外的學姐，微笑著輕輕鼓掌。

「終於解決啦。」萬里伸了個大懶腰，走到旁邊舒展筋骨，終於不必為長袍會不會起皺褶煩惱了。

「謝、謝謝……」

室內突然一片寂靜，眾人的目光聚集到低頭不語的青雪身上。

「青雪同學？」萬里關心地上前一步。

「我說，謝謝……」狐妖女孩掩住自己的嘴唇，小聲說道，「謝謝你們，願意幫我……」

「啊，別謝我，我是欠妳老子人情。」楊百里擺擺手。

「我是欠這個小子人情。」小露兒像是控訴般，指著噘起唇吹口哨裝沒事的俊俏青年。

「……謝謝你，楊萬里。」青雪走到金髮男孩跟前，抬起眼堅定地說道。

「呃，嗯……其實我也沒做什麼特別的啦。」萬里尷尬地抓抓頭，突然一口氣接收到狐妖女孩前所未有、真誠的連續道謝，就連他都有點招架不住。

「我、我也沒做什麼……嗯，我好像真的什麼都沒做？別找我道謝，還是妳本來就沒在謝謝我……」林筱筠說著，又自顧自地消沉起來。

「好啦，有什麼感性的沮喪的肉麻的話，統統之後再說，現在開始狂歡吧！今天可是值得慶祝的日子，讓我們享用青丘商行引以為傲的料理和酒菜，一直吃喝到倒下吧！」小露兒抓起地上的方毯跳上矮櫃，像是變魔術般一抖手，大量的裝盤料理、飲料和點心就被憑空倒了出來。

「說得對，終於把我家的乖孫子給嫁出去了。楊家有後了，爺爺好感動啊，嗚嗚嗚。」楊百里把臉藏在摺扇後面，逼著嗓子假哭。

「這跟那是兩回事吧，而且您裝的太不像了啦，爺爺……」

「爺爺好想在死前抱抱曾孫哦，嗚嗚嗚。」

「嚴格來說，您已經死了啊。」萬里只能苦笑。

青雪將頭紗拿下，安靜地坐在角落，看著楊家祖孫互打嘴砲，還有開懷大吃的小露兒和細嚼慢嚥的林筱筠。

對從小就失去父母的狐妖女孩來說，這還是自懂事以來，第一次有這麼多人為她而聚集，與她同席飲宴。即使是青雪那塵封已久的冰冷之心，在此時也稍微被這股溫暖緩解了一些。

青雪看了看坐在她身邊的金髮男孩，柔和的線條面部線條，讓他即使身形比一般人高大許多，看起來也不至於太過氣勢逼人。在燈光的映照下，萬里的頭髮像是珍貴的黃金般閃閃發亮，正如他善良的人格般耀眼。

耀眼到，青雪有點自慚形穢。

「青雪同學？妳怎麼了嗎？」萬里的聲音橫插過來，打斷她的思緒。

不知何時，眾人的眼光都投在始終沉默不語的青雪身上。

「我沒事。」度過動情期的青雪，恢復了原本那言簡意賅的說話方式，端起身前的茶杯啜了一口。

萬里想了想，露出微笑。

「以後如果遇上解決不了的困難，記得馬上來找我，不要自己一個人逞強，照顧這塊土地上的妖族也是守護者的職責呢。」

「嗯，好。」

「更何況現在你們是彼此的眷屬了哦，對妖怪來說，沒有血緣關係的兩者承認彼此是眷屬，就擁有了與家人相當的密切關係，要好好互相扶持啊。」小露兒滿足地趴在一支喝乾的酒罈上，甩著蓬鬆的尾巴打呼嚕。

「我知道了。」狐妖女孩面無表情地點點頭。

如果狐妖的宿命就是注定不能擁有愛情的話，那麼現在這股升上胸口的暖意，又是什麼呢？

青雪不禁有些迷惘。

「好啦，結婚儀式完成了就趕快洞房花燭吧。」吃喝了一陣後，一直笑著搖晃摺扇的楊百里突然站起身，這麼宣布道。

「欸欸?洞、洞房花燭?」好不容易回復平靜的林筱筠，又被這一句話挑起了混亂的情緒。

「爺爺，您別鬧了。」萬里苦笑著放下茶杯。

「洞房花燭……」已經自顧自喝茫了的小露兒，隨口附和著。

青雪沒說什麼，只是淡淡地轉開視線。

「呵呵，之後要怎麼辦，隨便你們啦，再來就是年輕人的事了。」楊百里用摺扇掩住嘴，俏皮地眨眨眼。

「爺爺？」萬里皺著眉，似乎想起了什麼事，跟著站了起來。

「時間到了。」楊百里輕呼一口氣，合起紙扇。

俊秀挺拔、身穿古式袍服的青年，左手一擺，無數的紙片憑空而起，在他的身邊旋繞著、掩映著，儘管身體的輪廓漸趨透明，楊百里臉上卻掛著一抹安詳的微笑。

在幫助孫子完成他生前接下的最後一個任務後，這個過去的土地守護者的靈魂殘片，終於也如風中殘燭般，即將步向消失了。

「乖孫，好好保重啊。」楊百里笑呵呵地看著自己疼愛的孫子，挽起的髮髻在狂風中搖曳著。

「嗯，您慢走。」萬里沒有移開視線，而是看著曾經叱吒風雲、橫行一時的爺爺，讓他生命中最風光歲月的樣貌映在眼中。

因為曾經告別過一次，所以這回無須再感傷。

他這麼告訴自己。

「青雪啊，我家孫子就多勞妳費心了。」

「嗯。」狐妖女孩緩緩站起，向這個未曾真正謀面過、卻信守承諾的偉大守護者致上敬意。

「那，是時候道別了。這塊土地上的大小事，就都交給你了，萬里。」楊百里說完，露出與年輕樣貌相當不搭的慈和表情。

「這些話已經聽過一次了啦，爺爺。」萬里淡淡微笑。

「呵呵，也是呢，全部再說一次可就流於濫俗了。」

「不過爺爺，我有個問題一直想問您。」

「哦？」楊百里饒富性味地勾起嘴角。這個一向懂事聽話的孫子，居然在最後一刻會有想質問的事情？這可有趣了。

「如果到了現在，我沒有接任守護者、而您還在世的話，會怎麼處理青雪同學的問題呢？」萬里問道。

他從楊百里一開始講述解決方法時，就隱隱察覺到不對勁了。畢竟這個過去的守護者，以往最出名的就是說著並非謊言的部分事實，藉此操縱著周圍人們的心思和行為。

「已經和奶奶結為連理的您，應該不適用這種眷屬契約的吧？」

「你說得沒錯。」對於孫子展現出的的洞察力，楊百里似乎感到相當滿意。

「不過你仔細想想，沒有血緣關係的兩者，要締結為眷屬的話，是否只能透過結婚解決呢？」

萬里沉默了一秒，這才恍然大悟。

「萬里啊，你的思維太快就被『動情』這個要素給束縛住了，作為守護者還不合格喲。」楊百里忍不住大笑。

「當然，要是青雪姑娘胃口好，吃得下老頭的話，楊某當年也是以風流倜儻出名的。婚這種東西，結幾次都不嫌多，乖孫你倒是多學著點啊。」

「受教了。」萬里忍不住苦笑。

「再會了，我深愛的、這塊土地上的妖怪和人們，我們另一頭見。」楊百里的身形浮起，高舉雙手，隨著飛舞的紙片化散為點點光芒，融化在空氣中。

萬里、青雪和林筱筠，抬頭看著空無一物的天花板，許久才回過神來。

「萬里學弟……你們剛才說的，是什麼意思啊？」林筱筠拉了拉萬里的衣角，小聲問道。

「被擺了一道啊。」萬里長嘆一聲，抓了抓頭，「義父義女的關係，也是可以的嗎……？這麼說來，我跟青雪同學其實也……」

青雪垂下眼簾，若有所思地坐了下來。

「洞房花燭！」醉到翻掉，完全錯過與楊百里道別時機的小露兒，突然迸出這麼一句不明所以的話。

「好好好，洞房花燭，小露兒想跟誰呢？」萬里笑笑，半開玩笑地刺探。

「我、我要嫁給這個酒罈子，嗚姆……」小露兒滿臉幸福地抱住手中的酒罈。「這罈酒裡面，釀了青澀愛情的味道……嗯。」

「好哦。」萬里無奈地摸摸她的頭，沒把這段話放在心上。

「小露兒好可愛哦，過來讓我抱抱！」終於逮到空檔的林筱筠，如餓虎撲羊般，一把將狐妖幼女抓進懷裡。

青雪默默看了一眼窗外的天空，突如其來的太陽雨，不知何時已經停了，只留下一道橫過天際的彩虹，獨自掛在白雲旁。

直到最後都沒有人發現，靜靜躺在狐妖幼女身邊的那罐空酒罈，裡面曾經裝著的，是人類男孩與狐妖女孩共同釀製的美酒。

第六章——辭舊年迎新年

叮咚，便利商店的自動門發出滑動的聲響，左右拉開，留著黑色及肩短髮的女孩，緊了緊脖子上的圍巾，緩步從店內走出。

「唉。」她短短嘆了口氣，看了一眼手中的塑膠袋，裡面只有幾個將要過期的飯糰，和硬是湊來搭配折扣的詭異飲料，實在讓人提不起食欲。

作為一名剛融入人類社會的年輕妖怪，真身為一尾狐妖的衛青雪，完全沒有料到這個在月曆上標註的「農曆新年」，居然會對人類社會產生如此大的影響。

甚至，在她下定決心踏出屋子，準備吃個稍晚的晚餐時，還沒有注意到這個在月曆上標註的、與阿拉伯數字日期不同的日子，已經悄悄到來。

直到青雪走上以往熱鬧的商店街，發現幾乎所有店家都拉下鐵門暫停營業，才意識到這並不是什麼惡劣的整人玩笑。

所有的人類，都消失了。

應該說，這個名為「農曆新年」的節日，是像螞蟻般忙碌的人類，一年一度能好好喘口氣、與家人一同度過的日子，因此大街上才沒有半間營業的店家。

理論上來說，這個節日應該對一向獨居的青雪毫無影響，但實際上，狐妖女孩空空如也的肚子，正努力提醒她農曆新年的到來。

幸好還有你最方便的好鄰居。

被夜幕染黑的大街上，依然燈火通明的便利商店，簡直就像風暴中的燈塔、沙漠中的綠洲、黑暗中的光明一樣，拯救了青雪空虛的心靈。

更重要的是，以雖然不美味，卻實實在在能填飽肚子的食物，拯救了青雪的胃袋。

軟底鞋踩過冷清的柏油路面，狐妖女孩的黑髮被開始有回暖跡象的氣流微微吹起，她瞇起眼睛，視線掃過空蕩蕩的馬路。

青雪住的小社區附近，習慣了平常車水馬龍的景象，現在卻突然徹底淨空到連隻小貓都不剩，不免讓人產生一種異樣的違和感。

狐妖女孩緩緩放低腳步，像是狩獵中的猛獸般注意著四周，眼神掃過幾個小巷中的陰暗角落，似乎在戒備著什麼。

「啊，青雪學妹。」

「！」青雪被身後突如其來的叫喚聲嚇得跳起，如果她現在處於妖化狀態的話，肯定連尾巴上的細毛都倒豎起來了。

「是妳啊……」

「是我啊，怎麼了嗎？」眼前的女孩身材高挑、擁有宛如明星偶像般的臉蛋與三圍，對狐妖女孩露出疑惑的表情。

「林筱筠學姐，妳怎麼會在這裡？」青雪淡淡問道。

「我的父母剛好都在國外出差，所以這次我一個人過年。」被叫出全名的林筱筠聳聳肩，笑容中有些無奈。

真身是貓妖族半妖的林筱筠，在學校可是品學兼優、才貌兼備的風雲人物，這樣的她，手上卻提著另一間便利商店的塑膠袋。大概和青雪一樣，也是在過年期間沒有考慮到存糧問題的人。

「真不方便。」青雪別過眼神，意有所指地看著鐵門全數拉下的商店街。

「也沒辦法啊，畢竟一年裡面，總是要有幾天讓大家好好休息不用工作，否則身體會壞掉的。」林筱筠倒是不怎麼在意，輕鬆地揮揮手。

「還貼了奇怪的紙。」青雪指著某個店家，大門的兩側貼上了應景的紅色春聯，和倒過來的「福」字。

「嗯，很多人都會這樣做，大概是為了討個吉利吧。」在人類社會土生土長的林筱筠，倒是見怪不怪。

「那樣做運氣就會變好嗎？」

「嘛，也不是這樣說啦……」林筱筠微微皺起眉頭，似乎也不知道要怎麼解釋才好。

「應該是求個心安吧，妳看也不是每家都貼啊。」

「嗯……」

確實，一整排的商店也只有三、五家有貼，看來這個古老的傳統並不是非遵守不可的那種。

「對了，青雪學妹的家住哪裡呢？」

雖然不太喜歡讓別人自己住家的位置，但這也沒什麼不能講的，青雪默默揚起手比了個方向。

「欸，跟我家差不多，我們一起走一段吧？」

「嗯。」

「學妹買了什麼啊？哦，怎麼不順便多買點泡麵？大部分的餐館都會連休好幾天哦？」

「不喜歡泡麵。」

「這樣啊……」

青雪和林筱筠兩人並肩而行的身影，被路燈悄悄拉長，倒映在地上。

過了一下子，青雪才發現，她似乎還是第一次和這個開朗活潑的學姐單獨相處。平常兩個女孩之間，總是夾著一個面帶苦笑的高大金髮男孩，沒什麼機會能好好講話。

雖然青雪也真的沒有特別想和林筱筠獨處就是了。

街道上依然空無一人。

貓妖和狐妖的腳步同時停了下來。

青雪皺起眉頭，林筱筠也有點緊張地四處張望著。

有什麼東西在接近。

儘管兩人的周圍依然空曠，這片寂靜卻顯得有些不自然。

一狐一貓的妖怪感官敏銳地打開，感應著四周空氣中的扭曲氛圍。

轉角處，有一道黑影正悄悄逼近。

青雪和林筱筠對視了一眼，同時妖化、伸出獸耳和尾巴，青雪的瞳孔轉為青色，聚精會神地注意著街角處的動靜。

伴隨著沉悶的腳步聲，映在地上的影子越來越大、越來越近，空氣彷彿凝結為固態，沉重得讓人幾乎無法呼吸。

林筱筠微微弓起背脊，準備隨時彈身逃跑，青雪的手指間浮現一團若隱若現的青色狐火。

「喵。」

「欸？」林筱筠微微睜大眼睛，直起身。

一隻與普通貓咪差不多大小的生物，一蹦一蹦地跳了出來。

「……？」青雪也收起狐火，滿臉狐疑地看著那不知名的動物。

眼前的生物像是從某個瘋狂科學家的實驗室中逃出來的實驗品，由各種動物的特徵組合而成。

具體來說，就是在一隻縮小版的成年公獅頭上插了鹿角、裝上鷹爪、皮膚敷上鱗片、接了飄逸的大把尾巴，臉部還被硬是裝上神話生物「龍」的血盆大口。只是在縮小一定比例後，原本應該威風凜凜的樣子，卻顯得頗為嬌小可愛。

而且那個謎樣的叫聲到底是……？

「喵喵。」彷彿在強調這並不是錯覺，不知名的小生物開心地跑了過來，友善地用臉蹭了蹭林筱筠的小腿。

「這是什麼妖怪嗎？」林筱筠小心翼翼地蹲下來，用手指搔了搔小生物的下巴，讓它發出舒服的呼嚕聲。

湊近一看，才發現這隻四不像的生物，身體輪廓的線條彷彿紙捲上暈開的墨跡，有些不穩、而且不斷向周遭的空氣暈散，讓人不禁擔心它會在下一秒融化在虛空中。

「不知道，沒有這種妖怪。」青雪搖搖頭，稍微放鬆了戒備。只是這種體型的話，應該也強不到哪裡去，真的出了什麼問題，大不了一把狐火燒下去就是了。

「牠好可愛哦，妳要不要也來摸摸？」林筱筠微笑著，用手掌替已經舒服到主動把肚子翻過來、四腳朝天的小生物搔癢。

青雪沉默了一下，最後還是敵不過內心深處勃發的少女心，跟著蹲下身，摸摸小生物脖頸周圍柔軟的鬃毛。

「喵～喵喵。」不知名的小生物被兩個女孩逗弄得通體舒泰，高興得在兩雙手之間蹦來蹦去，時不時伸出鮮紅的舌頭，舔拭青雪和林筱筠的手掌。

「你好可愛哦，叫什麼名字啊？」林筱筠把它抱了起來，在空中晃來晃去。

「喵喵！」

「來，姐姐抱一個。」

「喵～」

「把你帶回家養好不好？」

「吼！」

震天的暴吼連地板都為之震動，商店街騎樓的灰塵撲簌簌落下，林筱筠和青雪尾巴上的毛一根根倒豎而起。

碰。

沉重的腳步聲再度從街角傳來，宛如地震般搖晃貫穿整條街。

碰。

巨大的黑影籠罩轉角的十字路口，兩個女孩警戒地站起，不知名的小生物跳出林筱筠的懷抱，對著街角處猛搖尾巴。

碰。

一隻與不知名小生物擁有相同外型，卻硬生生和卡車一樣大的龐然巨獸，吐著濁重的氣息，踏著幾乎要將柏油路踩碎的腳步，緩緩步出街角。

「喵。」不知名小生物開心地迎了上去。

巨獸圓睜著雙眼，掃過青雪和學姐嚇呆了的臉龐。

「吼！！！！！！！！！」

不管是狐妖女孩的及肩短髮，還是貓妖女孩的長髮，都被這一吼的威勢吹得往後飆去。

不約而同地，她們同時往後退了一大步。

「這、這又是什麼妖怪？」林筱筠冷汗直冒。

「……不知道，我沒看過。」青雪現在完全不覺得可以用一把狐火解決了。

「那個，青雪學妹，我在想，我們是不是該逃跑？」慌到語句中出現不自然的斷句，林筱筠嗚哇哇地說著。

「慢慢後退，直接跑會被追。」熟知妖怪習性的青雪，儘管也覺得很不妙，但總算比學姐冷靜一些。

「吼！！！！！！！！！」發出了至現身已來最驚天動地的咆哮，巨獸猛地朝女孩們的方向撲來，不知名的小生物也開心地跟了上去。

「算了，跑吧。」

「啊哇哇哇哇！」

青雪和學姐毫不猶豫地拔腿開跑，後面跟著紅著眼、正實際施行踩碎柏油路面這個行為的龐然巨獸。

狐。貓。獸。獸。

所幸妖化過後的青雪和林筱筠，體能都提升了許多，加上她們衝進九彎十八拐的小巷，拚命在其中鑽來鑽去，巨獸礙於身形無法展現速度的優勢，才沒有馬上被追上。

「怎麼回事啊！為什麼要攻擊我們啦！」林筱筠欲哭無淚地大叫，她像貓咪一樣跳上路邊的圍牆，四肢並用地飛速逃竄著。

「誰知道。」青雪咬牙撐住奔跑的速度，在她作為妖怪的十多年來，這還是第一次碰到敵意這麼明顯的妖物。

「吼！！！！！！！！！！！！！！！！！」

從身後傳來的震天吼叫，讓她們絲毫不敢放慢速度，兩個妖怪女孩死命使出吃奶的力氣向前衝刺。

「啊，那邊！」林筱筠手一指，鄰里公園關閉中的室外游泳池映入眼簾。

青雪立刻意會過來，再度加快腳下的速度。

踏！踏！踏！踏！踏！踏！

踏！！

貓妖女孩和狐妖女孩同時高高躍起，翻過圍牆，跳進公園游泳池的內側。

碰。碰。碰。碰。碰。碰。

她們才剛落地站定，巨獸沉重的腳步身就隨後跟來，停在圍牆前。

接著是一連串嗅聞的聲音。

青雪和學姐消除氣息，躲在牆角，用手遮住自己的口鼻，避免呼吸的聲音和味道被發現。

碰。碰。碰。碰。碰……

似乎是無法確定兩人的位置，巨獸的腳步聲漸漸遠去，青雪和林筱筠這才鬆了一口氣。

月光照在乾涸的室外泳池內，隱隱籠罩著朦朧的光暈，營造出一片祥和的氣氛。晚風吹拂過來，在池底虛空中悠游的神奇生物，也應景地來了個魚躍龍門式的大翻身。

「咦？」林筱筠揉了揉眼睛。

青雪扶住額頭。

過了一秒，那隻足有成人高、龍頭魚身的怪物，似乎也發現了她們。它緩緩從乾涸的游泳池中浮起，兩顆擁有雙瞳的眼珠，定在青雪和林筱筠身上。

「那個……青雪學妹，這是什麼妖怪嗎？」

「不知道……」

女孩們邊冒著冷汗邊慢慢站起身，開始祈禱這個身體構造看起來比較不凶猛的妖怪，對於快樂的追逐、或是把她們當作晚餐沒什麼興趣。

「嘎哦哦哦哦哦哦哦哦哦哦哦！」

「為什麼啦！」

「不知道。」

眼中倒映出龍頭魚怪叫著一路游過空氣朝她們衝來的身影，青雪和學姐繼續邁步狂奔的事業。

再度翻過圍牆，在大街小巷中穿梭，不管是狐妖還是貓妖，此時都毫無頭緒。面對這種不講道理，又明顯強於自己的妖怪，除了逃還是只能逃，但要逃去哪裡才安全，兩人卻沒有半點想法。

「都沒有誰能來幫幫我們嗎？」林筱筠淚眼汪汪地拚命奔跑著，對於引起這麼大的騷動，卻沒有半個人前來查看感到有點奇怪。

「我們應該是掉進那些妖怪的結界了，這裡是和現實世界完全隔絕的另一個空間。」有過類似經驗的青雪冷靜地分析著。

「那，要怎樣才能出去？」

「把妖怪殺掉。」

「嗚，好吧……」放棄思考的林筱筠，認命地繼續逃竄。

「或是試著分頭逃跑，照理來說結界的中心應該只有一個，如果我們彼此拉開一定的距離，應該至少能有一個人能出得去。」

「原來如此，這是個好辦法。」林筱筠的眼睛一亮，看到了一線生機，「先出去的人再想辦法從外面破除，這樣就能得救了。」

「嗯，就是這個意思。」

「那，前面拐角的岔路口，我走右邊，學妹走左邊！」

彼此打了個眼色後，林筱筠和青雪各自朝不同的方向跑去。龍頭魚追上來後，遲疑了一下，才跟在青雪的背後游去。

十字路口的街角恢復了寂靜。

過了一會，地面傳來轟隆轟隆的震動聲，青雪和學姐又狂奔了回來，各自的身後還跟了各式各樣、大小樣貌都不一樣的奇特妖獸。

「什麼鬼啦！」這下林筱筠的眼角真的有淚水飆出來了。

「妳也是嗎……」青雪半睜著眼，語氣中滿是無奈。

沒想到這城市的每個角落，都像動物園般塞滿了各種不知名的妖怪，而且只要看到她們經過，就會像是發瘋般地追上來。沒多久，兩個女孩的背後已經拖了不下幾十隻的怪物。

而且這些不知名的妖怪，要嘛就是模糊得連輪廓都看不清，要嘛就是揉合了好幾種生物的粗劣混種，就連青雪也叫不出哪怕半隻的名字，更別說對妖怪世界幾乎沒有半點認識的林筱筠了。

「現在要怎麼辦?」意識到情況相當不妙，林筱筠在沒命飛奔的同時，抽出空檔問了一句。

「能逃多久是多久……」青雪的臉色也相當凝重。一、兩隻就算了，這麼一大群跟在後面，甩也甩不掉，可真的麻煩了。

還好那些妖獸雖然不乏體型巨大的種類，但似乎普遍靈智不高，不斷互相推擠，拖慢整個隊列的速度，才讓青雪和林筱筠有一點喘息的空間。

「還好它們沒想到要繞路堵截，不然可能就真的危險了。」林筱筠慶幸地說著，因為不斷保持高速前進的步調，她的氣息已經有些紊亂。

「妳這樣說……」聽到這插旗意味十足的發言，青雪隱隱感覺不妙。

「喵。」跑到青雪她們就讀的高中附近時，前方轉角處跳出一隻活潑可愛的小生物，對著她們猛搖尾巴。

「欸?這不是一開始的那隻……」

「小心!」青雪一把拉住林筱筠，往旁邊猛跳。

「吼!!!!!!!!!!!!!」

下一秒，剛才女孩們站立的地方就被一雙巨爪給砸得粉碎。

龍口。獅鬃。鷹爪。鹿角。獸身。魚鱗。

龐然巨獸威風凜凜地擋住她們的去路。

後方的百獸戰隊，也氣勢洶洶地如雪崩般逼近。

「怎、怎麼辦？」

「這邊。」

跟在青雪的背後，林筱筠和妖獸群們先後衝進了空曠的校園中。

「體育館。」青雪指著不遠處的堅固水泥建築，拿出最後一點力量，跑過這段宛如一千公里般的距離。

相比起半開放式的高中校舍，體育館只有幾扇供出入的小門，窗戶也又高又窄。只要進入那裡面，體型較大的妖獸就會被隔在戶外，至於該如何對付剩下的中小型妖獸，以及要怎麼脫身，就在那之後再做打算。

青雪和林筱筠四掌齊出，憑著高速衝刺帶來的強大慣性，還有妖化後的優秀體能，一口氣把薄薄的鋁門連著鎖一起破壞，飛竄進入昏暗寬敞的體育館內部。

「呼、呼……這樣的話應該至少可以……」貓妖女孩撐著自己的膝蓋，上氣不接下氣地喘息。

「啊，失敗了。」青雪面無表情地說。

轟隆！！！！！！！！！！

伴隨著貫穿整棟建築的強烈震動和巨響，別說門了，妖獸群直接把整面牆撞成碎片，互相推擠著撲滾進來。

長著蝴蝶翅膀的蛇尾長頸鹿、象腿鹿身的狼、會飛的貓、渾身滿是刺和鱗甲的犀牛，還有各式各樣、根本連是哪幾種動物混合體都叫不出來的怪物，全都通過牆壁上的破口衝進體育館，將狐妖和貓妖團團包圍。

面對近百雙飢腸轆轆的凶狠眼神，青雪和林筱筠只能緩緩後退。

「沒地方跑了耶。」林筱筠乾笑兩聲，脖子上的勒痕隱隱生疼。

「嗯，不太妙。」雖然應該沒什麼用，青雪還是聊勝於無地點燃了手中的狐火。

「現在該怎麼辦？」

「涼拌。」事到如今，即使是以往不苟言笑的青雪，也趁著搞不好是人生中最後的一次機會，打了句嘴砲。

「說不定我們可以翻到二樓的看臺，再從窗戶出去？」林筱筠抬頭四下搜尋，不太抱希望地提議。

「在翻出去之前，會先被那些能飛的抓到吧。」青雪指著頭頂上，龍頭魚、飛貓和幾隻叫不出名字的生物，在靠近天花板的高度盤旋著。

就是不知道那隻長了蝴蝶翅膀的長頸鹿能不能飛？

狐妖和貓妖緊靠在一起，退到體育館的角落。

「吶，青雪學妹，如果在這邊被殺，是不是就會直接死掉啊？」林筱筠緩緩壓低身體的重心，表情滿是無奈。

「人被殺，就會死。」青雪面無表情地舉起狐火，以不知道從哪裡聽來的至理名言回答學姐。

「可是，我們算是妖怪吧？」

「差不多啦……」

「喵。」不知道哪隻妖獸先叫了一聲，引起了獸群各式各樣的吼叫共鳴。

「吼！！！！！！！！！！」

「嘎哦哦哦哦哦哦哦哦哦哦！」

「噗嚕嚕嚕嚕！噗嚕嚕嚕嚕！」

「姆搭姆搭姆搭姆搭姆搭姆搭姆搭姆搭姆搭！」

「歐拉歐拉歐拉歐拉歐拉歐拉歐拉歐拉歐拉！」

在震耳欲聾、搖撼著整棟建築的吼聲結束後，所有妖獸撒開腳步朝貓妖和狐妖衝了過來。

青雪和林筱筠面如死灰地站在原地，連反抗的意志都沒有。畢竟這麼一大群妖獸，一隻吐一口口水都能把她們淹死了，何況還是這麼凶猛的衝鋒。

劈哩啪啦！

一陣吵鬧的爆竹聲，響徹了群魔亂舞的體育館。

妖獸群在這陣巨響過後亂成一團，原本的隊列瞬間瓦解，撞在一起四處翻滾。

「原來都在這裡啊，我還想說怎麼半隻都找不到呢？」

一個熟悉的身影從妖獸們撞破的大洞走了進來，背後的月光將金髮男孩高大的身影拉長，另一串鮮紅色的鞭炮在他的手中上下拋著。

「喲，妳們沒事吧？稍等一下，我馬上過去。」土地守護者世家的傳人——楊萬里隔著幾十隻不明妖怪，朝女孩們的方向大喊。

「萬里學弟！」

「他要過來……？」不同於放心招手的林筱筠，青雪皺著眉頭，滿臉不相信地看了一眼正緩緩站起、重整態勢的妖獸群。

下一秒，萬里再度點燃手中的鞭炮，朝避無可避的不知名妖怪們丟去。

又是一陣吵鬧的炸響，不管是蝴蝶長頸鹿、或是麟甲犀牛，全都被炸得東倒西歪，自動讓出一條寬敞的通道。

萬里取出一大把紅紙，撒在破洞附近，接著揮著一塊大紅布，輕鬆邁開腳步。

林筱筠和青雪張大嘴巴，看著有如摩西分紅海般悠哉穿過妖怪群中央的萬里。

當他走到近處，她們才注意到萬里顯眼的裝扮——大紅色的籃球夾克，配上同色的大背包，裝有木刀的布囊斜插在其中。

亮眼的鮮紅，配上萬里那染成金色的頭髮，讓男孩身上像是散發著一股金光閃閃的炫目光芒。

「你怎麼穿得跟鞭炮一樣？」不等萬里走到跟前，青雪就毫不留情地祭出她擅長的冷言吐槽。

「這也沒辦法……」似乎有什麼苦衷，金髮男孩無奈地笑笑。

「萬里學弟，那些是什麼妖怪？我們要繼續逃跑嗎？」林筱筠指著圓睜著雙眼、惡狠狠地瞪著萬里手上紅布的不知名妖獸群，臉上流露一絲畏懼。

「啊，原來妳們不知道嗎？這些與其說是妖怪……」萬里抓了抓頭，似乎在思考適合的措辭，「它們有名字的。」

「名字？」

「對啊，這些看起來莫名其妙的東西，是『年獸』。」萬里把紅布交給學姐，讓她好好舉著，接著卸下背包，掏出各式各樣的鞭炮。

「年獸？」好像有在哪邊聽過這個名詞，林筱筠疑惑地歪了歪頭。

「嗯，年獸這種妖怪呢，就是人們在這過去的一年中累積的惡念、霉運、怨氣等等負面情感的綜合體，在這歲末年終的最後一天產生形體，開始活動。所以我們得把它們趕跑，否則的話，年獸可是會去襲擊人類和其他妖怪的哦。」萬里將大把的鞭炮攤在地上，手卻還在看起來已經空空如也的背包裡掏摸著。

「年獸性喜吃人，但與其說是吃人，不如說是喜歡拿擁有高靈智、高能量的生命來當食物，所以大部分的人類在這種時候都會和家人團聚、待在家裡，守歲到一定的時辰以確保安全，普通的妖怪也都統統找地方躲起來了。」

「原來如此。」青雪淡淡地嘆了口氣。

「沒錯，這些年獸會盯上學姐和青雪同學，大概是因為妳們一個是妖怪、一個是半妖，看起來特別可口吧。」萬里輕鬆地笑笑，將木刀從背囊中抽出來。

「本來的計畫是讓它們來找我的，但果然還是妖怪的力量更強，全被妳們兩個吸過去了，還好最後沒事。」

其實這也怪不得青雪和學姐，畢竟林筱筠成為半妖的時間還不久，之前根本沒碰過這種事，青雪則是剛在這塊土地定居，同樣也完全不知情。

「那，要怎麼把這些年獸趕跑啊？我們應該打不贏吧？」林筱筠看著虎視眈眈盯著這邊的年獸群，不禁有點雙腳發軟。

「不用打贏啊，年獸最怕的就是紅色，還有鞭炮和爆竹的聲音，用這兩種東西就行了。」一身紅又帶滿鞭炮的萬里，理所當然地說道。「來，一人一副，還好我有多帶。」

「這是……？」看著被放到手掌心的小巧軟物，青雪不解地抬頭望向萬里。

「是耳塞哦。」萬里笑著舉起木刀，「妳們先塞好，等等我一揮手，就盡全力把這些鞭炮全部丟出去，破口那邊我已經撒了紅紙，它們不會馬上散開，放心丟吧。」

青雪和林筱筠互看了一眼，蹲下身抱起那堆品牌混雜的鞭炮。

「準備好了嗎？」等女孩們準備就緒後，萬里也把自己的耳塞戴好，單手握住木刀。

狐妖和貓妖點點頭。

隨著萬里手一揮下，大量的鞭炮被女孩們甩上空中。

年獸們的視線，跟著鞭炮拉了一道優雅的高弧度。

「木生火！」使出拿手的五行相生，萬里木刀橫揮，射出點點火星。

所有的引信在同一時間被燒盡。

啪啦劈啪哩啪劈啦啪哩劈啦劈劈啪啪啦碰哩啪劈哩啪啦啪啦劈啪哩啪劈啦啪哩劈啦劈劈啪啪啦碰哩啪劈哩啪啦啪啦劈啪哩啪劈啦啪哩劈啦劈劈啪啪啦碰哩啪劈哩啪啦啪啦劈啪哩啪劈啦啪哩劈啦劈劈啪啪啦碰哩啪劈哩啪啦啪啦劈啪哩啪劈啦啪哩劈啦劈劈啪啪啦碰哩啪劈哩啪啦啪啦劈啪哩啪劈啦啪哩劈啦劈劈啪啪啦碰哩啪劈哩啪啦啪啦劈啪哩啪劈啦啪哩劈啦劈劈啪啪啦碰哩啪劈哩啪啦啪啦劈啪哩啪劈啦啪哩劈啦劈劈啪啪啦碰哩啪劈哩啪啦啪啦劈啪哩啪劈啦啪哩劈啦劈劈啪啪啦碰哩啪劈哩啪啦啪啦劈啪哩啪劈啦啪哩劈啦劈劈啪啪啦碰哩啪劈哩啪啦啪啦劈啪哩啪劈啦啪哩劈啦劈劈啪啪啦碰哩啪劈哩啪啦啪啦劈啪哩啪劈啦啪哩劈啦劈劈啪啪啦碰哩啪劈哩

啪啦啪啦劈啪哩啪劈啦啪哩劈啦劈劈啪啪啦碰哩啪劈哩啪啦啪啦劈啪哩啪劈啦啪哩劈啦劈劈啪啪啦碰哩啪劈哩啪啦啪啦劈啪哩啪劈啦啪哩劈啦劈劈啪啪啦碰哩啪劈哩啪啦啪啦劈啪哩啪劈啦啪哩劈啦劈劈啪啪啦碰哩啪劈哩啪啦啪啦劈啪哩啪劈啦啪哩劈啦劈劈啪啪啦碰哩啪劈哩啪啦啪啦劈啪哩啪劈啦啪哩劈啦劈劈啪啪啦碰哩啪劈哩啪啦啪啦劈啪哩啪劈啦啪哩劈啦劈劈啪啪啦碰哩啪劈哩啪啦啪啦劈啪哩啪劈啦啪哩劈啦劈劈啪啪啦碰哩啪劈哩啪啦啪啦劈啪哩啪劈啦啪哩劈啦劈劈啪啪啦碰哩啪劈哩啪啦啪啦劈啪哩啪劈啦啪哩劈啦劈劈啪啪啦碰哩啪劈哩啪啦啪啦劈啪哩啪劈啦啪哩劈啦劈劈啪啪啦碰哩啪劈哩啪啦啪啦劈啪哩啪劈啦啪哩劈啦劈劈啪啪啦碰哩啪劈哩啪啦啪啦劈啪哩啪劈啦啪哩劈啦劈劈啪啪啦碰哩啪劈哩啪啦。

即使戴上了耳塞，林筱筠和青雪還是瞇起眼睛，下意識用手捂住耳朵，隔絕在體育館的四面牆壁間來回彈跳迴響的接連炸響，以及爆炸的濃煙與閃光。

萬里咧嘴露出笑容。

年獸們在這陣接近空襲般的轟炸下，發瘋似地相互推擠、四處亂竄，各種動物或非生物的嘶吼，讓場面陷入徹底的紊亂。揚起的灰塵和濃煙混合在一起，使年獸群身上那本就有些模糊的輪廓線，變得更加無法辨認。

過了一會，在最後一陣炸響消失後，數十隻年獸全擠在一起，朝著破洞口沒命地奔逃，連萬里事先撒的紅紙都顧不得害怕了。

衝出戶外後，年獸群身上放出一圈白色的光芒，像是流星般朝天際飛射而去，眨眼間便消失無蹤。

跟著跑出來的萬里三人，抬頭仰望夜空，卻已經找不到那個光點的位置了。

空氣傳來微微波動，年獸被趕跑後，隔絕現實的結界也隨之消失，萬里、青雪和林筱筠並肩站在校園的空地上。

完好無損的體育館，靜悄悄地坐落在他們身後。

「很好，收工。」萬里把木刀收回布囊，伸了個懶腰。

百忙之中，他也沒有忘記要把大背包一起帶走。

聞到夜晚校園內清新的空氣後，青雪和林筱筠才真正鬆了口氣。

咕嚕嚕嚕嚕。

萬里疑惑地回過頭。

這是哪隻漏網年獸的叫聲嗎?他不禁懷疑了一下。

狐妖女孩和貓妖女孩同時別過頭，不想承認是自己的肚子發出聲音。

在被年獸追得四處逃跑時，從便利商店獲取的簡單晚餐早就在混亂中弄丟了，現在兩個女孩是完全的空腹狀態。

咕嚕嚕嚕嚕嚕。

彷彿在散發存在感，青雪和學姐的胃袋又再次發出抗議的叫聲。

「青雪同學，妳跟學姐該不會都……還沒吃飯吧?」萬里呆了一下才意會過來，忍不住出口詢問。

「拜年獸所賜……」青雪別過臉，隱藏那一抹羞恥的薄紅。

「我和青雪學妹的晚餐，在被追著跑的時候不小心搞丟了。」林筱筠也有點不好意思，輕輕用手掌按著自己的肚子。

「嗯……」萬里沉思了一下，像是想到好辦法般豎起食指，「不嫌棄的話，來我家吧？我父母應該也都還在等我回家開飯。」

「欸，這怎麼可以？」林筱筠猛搖頭，對於去別人家蹭飯吃這件事，她還是感覺不太妥當。

青雪也默默搖頭。自己畢竟是純正的妖怪，據她所知，萬里的爸媽都只是普通人，萬一不小心露出馬腳，可能會嚇到他們。

「沒關係的啦，我媽每次年夜飯都煮一堆，根本吃不完，就當作是來幫忙消化食物吧。」萬里苦笑著抓抓頭，「而且，青雪同學和學姐的家人也都不在不是嗎？一個人過除夕夜，會很孤單哦。」

「但是，在這個日子，大家都想和家人好好團聚吧。我們去的話，會不會打擾到你們？」想到回家可能還是沒飯吃，林筱筠不禁有些動搖。

「嗯，不會啊。」萬里露出微笑，拍了拍學姐的肩膀，「妳們也算是我的家人啊。」

林筱筠的臉龐噗的一聲紅起來，一陣焦煙從她的頭頂升起。

「家家家家人什麼的的的、太太太太早了啦吧！」

「妳說什麼？」面對過於口齒不清的學姐，萬里疑惑地問了一聲。

「沒沒沒沒事！」

「楊萬里，沒想到你挺會唬女人的嘛……」青雪帶著滿是戒備的眼神，盯著一頭霧水的金髮男孩。

「那，妳們要來嗎？團圓飯？」

「好！」林筱筠用力點頭。

「為了以防萬一，我也跟去。」青雪面無表情地瞥了學姐一眼。

「太好了，我爸媽一定也會很高興的，這樣家裡就熱鬧多了，我媽做的菜很好吃哦。」萬里笑著邁開腳步，在前面引路。

「難、難道這就是所謂的，見公婆？」

「妳想多了吧……」

月色映照在人類、半妖和妖怪身上，人行道上的路燈，照亮了萬里背包袋口繡著的一行小字。

新年快樂。

第七章——鐮飛鼬舞・壹

竹劍相擊的悶響，在體育館挑高的天花板迴盪。

在數百名觀眾屏息注目下，兩道身穿護具的人影正緩緩移動腳步，緊盯著彼此轉圈。

一紅，一白。

懸掛在道服背後的布條緩緩搖曳。

焦土戰已經持續了好幾分鐘，在全國大賽的最終舞臺上，兩名高中女子組的最強劍士，都沒有理由於此敗下陣來。

兩柄一模一樣的竹劍彼此交錯，時不時從中爆出互擊聲。

代表所屬高中出戰的關倩，悄悄調整著呼吸，木質地板的光滑觸感，從腳掌前端傳來。

恰到好處的站姿，讓她無論面對何種突發狀況都能立刻做出反擊，然而焦躁感卻仍舊在頭盔內部蔓延。

對方的防守實在太過嚴密，貿然搶攻很容易落入陷阱，但就這麼一步步拖下去，已經落入敵方節奏的自己，很可能會先露出破綻。

必須想辦法突破僵局。

下定決心後，關倩右足前踏，竹劍在下一次互擊時，靈巧地避開鋒芒，將敵劍揮動的軌道向旁彈開。

一閃即逝的空檔露了出來。

剎那間，關倩雙手手腕一翻，竹劍劍尖順著慣性拉起，往對手的頭側疾點。

身披紅布的女劍士，似乎被這記奇襲嚇了一跳，急忙回劍格擋，卻擋了個空。

眼看佯攻奏效，關倩一口氣收回竹劍，手臂使力間，千錘百鍊的上段斬劈面揮下。

竹劍的黃光劃過空氣，斬入紅方劍士身側的虛空中。

——糟糕，上當了！

關倩猛然瞪大雙眼。

全力一擊揮空的她，大上段處顯露致命破綻，始終貫徹防守策略的紅方劍士，正是在等待這個機會。

另一把竹劍高高舉起，紅方劍士大踏步向前，揮出逆轉形勢的大上段斬。

比賽結束了，今年的自己，依舊止步於此……

悔恨滲入關倩緊咬的牙關中。

明明就只差一點，就只差一點點了。

這瞬間，紅方劍士前踏的右腿猛地一晃，突然失去平衡，大上段斬的軌道因此產生些許偏離，僅僅擦過側身迴避的關倩肩膀，沒有獲得得分判定。

好機會！

女孩頭盔下的眼神爆出銳利光芒，身體幾乎是下意識地做出反應。雙手後拉，竹劍微揚。

凌厲的斜斬，重重打在紅方劍士中門大開的頭盔上，發出「咻啪」的扎實聲響。兩道穿著道服的身影迅速分開。

——贏、贏了？

關倩緩緩抬起目光，狂跳的心臟幾乎要衝破胸口。

短短半秒後，場中的三名裁判同時舉起白色旗子。

體育館內立刻爆出如雷掌聲。

全國冠軍，這四個字隨著喜悅湧入心中，關倩長長吁了口氣，肩膀放鬆下來。

就在此時，她的耳邊傳來一絲悲鳴。

回過頭，眼中映出跌坐在地、雙手緊握右大腿的紅方劍士身影。

關倩迅速摘下遮蔽視線的頭盔，烏黑的馬尾在空氣中散開。

「妳還好嗎?」她蹲下身，輕輕拍了拍女孩不住顫抖的肩膀，關心的詢問隨之遞出。

血珠從道服褲角滴下。

點點腥紅灑落，木地板上綻放出鮮血的花朵。

關倩屏住氣息。

等等……血？

「醫生！醫生！」

來不及細想對方為什麼會突然受傷，馬尾女孩高聲尋求場邊的醫護人員支援。

回應她的，卻是一陣熱辣辣的疼痛。

剛才險險避開大上段斬時，被竹劍擦過的肩頸處，突然爆出一道血淋淋的傷痕。

「嗚?!」

連同道服一併撕裂的銳利斬擊，殘留在肌膚上，劇痛讓關倩的意識隨之動搖。

等到回過神來，自己和紅方劍士身邊，已經被醫護人員團團圍住，消毒水和紗布的氣味充斥鼻腔，混亂、不安的情緒在體育館中央擾動。

——發生了什麼事？

握慣竹劍的雙手沾滿血跡，關倩緩緩抬起視線，正好看到醫護人員將紅方劍士的道服下襬掀起。

女孩右大腿後方，有一道深邃的傷痕。

不斷淌落鮮血的傷口，形狀既長且細，明顯是遭到利器割傷所留下。

和自己肩膀上的血痕，幾乎一模一樣。

濃厚的血腥味，讓關倩喉頭湧上一股噁心感，她用力捂住雙唇，勉強用單手撐住地面。

視線在漸漸暈開的血花中搖晃著。

群眾喧嘩聲，大會廣播器傳來的陣陣回音，甚至是醫護人員從近處傳來的關切詢問，都迅速減弱。

所有聲音，瞬間離她而去。

第八章——鐮飛鼬舞・貳

跳。

「稱霸全國！」

身材高大的籃球隊隊長，發出野獸般的怒吼，把圍坐在他身邊的隊員們嚇了一跳。

高中聯賽將近，萬里所屬的籃球校隊，這陣子也開始加緊練習，尤其是這學期結束就要引退的高三生，一個個都顯得鬥志高昂，把這次聯賽當作實現夢想的最後一搏。

「今天的朝會，你們也都聽到了吧？」球隊隊長緩緩說道，「本校二年級的關倩，已經在上個禮拜奪得全國劍道大賽的冠軍了，我們也不能輸給她。」

感覺到隊長身上纏繞的肅殺氣氛，包括萬里在內的所有低年級球員，全都忍不住瑟瑟發抖。

他們知道，當這個男人露出這種表情時，會發生什麼事。

「從明天起，放學後的練球時間延長一個小時！所有體能訓練組數加倍，每個人離開前，都必須投進五十顆三分球，三組全場上籃……」

隊長滔滔不絕地宣布額外訓練菜單，底下球員們則毫無例外地陷入一片低氣壓。

增加訓練強度固然很好，也是必要之舉，但人類的惰性可沒這麼容易克服。

即使理性知道必須好好努力，情感仍舊會不由自主地發出哀號，這是人之常情。

於是夕陽西下的現在，這支高中籃球校隊瀰漫著沮喪的氣氛。

宣布解散後，萬里站起身，與哀鴻遍野的隊友們一起收拾球具。

正當他換好衣服，準備從操場旁的側門離開時，一道青色的身影映入眼簾。

「你們還真拚。」

身穿制服的青雪抬起頭，斜斜照射的夕陽餘暉，將女孩的影子拉長，映照在地面的狐狸耳朵晃了晃，沒有讓任何人發現。

「真正的地獄，明天才開始。」萬里苦笑著聳聳肩。

這句話可不是在開玩笑，就算是他，面對加倍的訓練份量，也難免有些吃力。

「青雪同學怎麼也還沒回家？在等我嗎……嗯，果然沒有啊。」

只花了一秒，萬里就從青雪臉上的表情得到答案。

「那個麻煩的女人，拜託我在這邊等你練習結束。」被別人隨意使喚，讓狐妖女孩的心情差到極點。她悄悄直起身體，伸手抓住萬里的袖口，一副不讓人逃跑的模樣。

「那個麻煩的女人？」金髮男孩疑惑地歪頭。

「在那邊。」青雪用眼神指向不遠處。

兩名正值青春年華的女高中生，正一路拉拉扯扯，沿著校園外緣的人行道往這邊走來。

「筱筠，我說過了，那種人都只是些江湖騙子，找他們沒辦法解決問題……」

「妳就相信我一次嘛，關倩。」

走在前頭的，是留著一頭長髮、脖頸勒痕用頸鍊巧妙遮住的林筱筠，制服裙襬無法掩蓋的修長雙腿，以及女明星般的美貌，讓她無可避免地吸引無數目光。

而被林筱筠拉著手、臉上寫滿無奈的另一名女孩，擁有甚至凌駕於前者的高挑身形。閃耀健康光澤的高馬尾，加上形狀銳利的眼角，讓她渾身充滿刀刃般的氣息。

緊實的腰肢和大腿，給人經過充分鍛鍊的印象，但和萬里的運動員風格相比，馬尾女孩給人的感覺，反而更趨近於古代武者。

事實上，此刻她身後就背著裝有竹劍的袋子。

「啊，他們在那裡。」遠遠發現萬里和青雪的林筱筠用力揮手，加快腳步往校園側門跑來。

「萬里學弟！青雪學妹！抱歉讓你們久等了！」

「筱筠，別拉著我的手跑，這樣很危險。」

被拖著的馬尾女孩儘管有些不情願，卻還是跟著加快腳步，與林筱筠一起來到一人一狐面前。

「關倩，這兩位是萬里和青雪，他們是處理妖怪事件的專家哦。」

儘管青雪立刻露出「別把我也算進去」的表情，林筱筠仍然繼續介紹身邊的馬尾女孩。

「這位是關倩，和我一樣是二年級，萬里學弟，你之前和她一起吃過飯，還記得嗎？」

「啊，上禮拜拿到全國劍道大賽冠軍的學姐？」萬里當然記得這個讓訓練份量加倍的元凶，至於上次那個飯局……被他選擇性失憶了。

「只是運氣好而已。」關倩雲淡風輕地搖搖頭，眼神中卻滿是促狹的笑意。

「原來如此，筱筠講的江湖術士就是你啊，萬里學弟。」

「嚴格來說，不算是江湖術士啦。」萬里尷尬地抓了抓頭。

他對這種作風強勢的大姐型女孩格外沒轍，總有種一旦被抓到把柄，就會被牽著鼻子走的感覺。

必須謹言慎行才行。

然而關倩卻已經勾住林筱筠的肩膀，在她耳邊悄聲說道，「小心啊筱筠，這種男人我見多了，都是些喜歡耍小把戲騙財騙色的混蛋，妳別一個不注意就被拐上床哦？」

「上床?!」貓妖女孩的臉頰刷地通紅。

盯——

感受到身邊傳來的強烈視線，萬里吞了口口水，稍微撇過頭。

從剛才開始，青雪就猛瞪著關倩的胸口，散發出濃濃敵意。

只見馬尾女孩制服襯衫最上方幾枚鈕釦隨意敞開著，露出穿在底下的黑色T恤。胸前那兩團不可忽視的扎實份量，像是在彰顯存在感般，隨著關倩摟緊林筱筠的動作，擠壓、變形，展現恰到好處的柔軟和彈性。

「青炎亂墜……」

「不行喲，青雪同學。」萬里苦笑著一把抓住狐妖女孩的手腕。

「像這種違背天理的存在，就應該用火焰燒毀。」青雪的眼神無比陰暗，狐火在掌心隱隱醞釀。

「不是和我約好了嗎？不能對這片土地上的人們出手。」

「嘖。」

對上金髮男孩充滿告誡意味的視線後，青雪才緩緩放下手。

趁著這個空檔，萬里仔細打量了一下眼前的兩位學姐。

「筱筠學姐，妳找我們來，是想處理有關妖怪的事情？」

「所以說啊，妖怪什麼的根本……」關倩還沒來得及說完，林筱筠就揮手打斷她。

「關倩她好像被妖怪纏上了，大概是在全國劍道大賽時的事情。」

看著貓妖女孩露出篤定的眼神，萬里和青雪不禁互望了一眼。

「能詳細說明一下當時的情況嗎？關倩學姐。」為求謹慎，金髮男孩決定先向事主本人求證。

關倩偏頭思考了一會後，啪地合起手掌。

「不如這樣吧？萬里學弟，你請這邊三個女生吃晚餐，我就把劍道大賽上發生的事情告訴你，當然餐廳也是我們選。」

「耶？」萬里的臉上寫滿尷尬。

四倍飯錢，對區區一介高中男生來說，可是一筆不小的開銷。更別說關倩肯定不會選什麼便宜的路邊攤吃，這一頓下來，就算荷包損失四位數以上的現金也不奇怪。

高明的勸退法。

看著關倩臉上露出的惡作劇笑容，萬里忍不住吞了口口水。

「只好從后土大人的供品預算裡扣了……」

抉擇當前，金髮男孩只得忍痛做出會讓某神明大肆抱怨的決定。

替之後得連吃一個月泡麵的無名土地神默哀兩秒，萬里重新抬起頭。

「那麼，關倩學姐想吃什麼呢？」

「哎呀？還真的要請客啊？」關倩有些意外地挑起眉梢。

「雖然由我來說有點不太合適，不過這樣沒關係嗎？身為時下女高中生，我可不會帶你們去太廉價的店哦？」

「沒關係，我已經做好心理準備了。」萬里苦笑著搖搖手。

如果真的牽扯到妖怪事件，那麼一頓飯的價錢可說是再便宜不過，畢竟維護這塊土地的安全是守護者的責任所在。與其等事情鬧大才想辦法解決，不如防患於未然，對時間和人力成本來說，還比較節省些。

關倩饒富興味地端詳金髮男孩好一會，才颯爽轉過身。

「嘛，話是這樣說，筱筠和那邊那位學妹，大概不會真的讓你付錢吧？」

儘管青雪一臉不在乎讓萬里付帳的樣子，關倩仍然自顧自地說了下去。

「只有我一個被請客也有點怪，這次就先算了吧。」

「咦？可以嗎？」萬里倒是有點摸不著頭腦。

「畢竟你感覺不是那種江湖騙子，繼續刁難下去好像有點欺負人了。」馬尾女孩聳聳肩。

「一起吃晚餐，然後我告訴你們事情發生的經過吧？」

「太、太好了……」從剛剛就在一旁乾著急的林筱筠，終於鬆了口氣。

還沒來得及高興太久，她就被關倩一把勾住脖子，拉到旁邊。

「筱筠，這是上次那個籃球隊的金髮帥哥吧？」

「呃……對。」

「原來如此。」關倩露出意味深長的笑容，「這是個難得的好機會，要好好把握啊。」

「什、什麼意思啦！」

看著眼前開心打鬧的兩名女孩，青雪微微瞇起雙眼。

按照狐妖女孩平時的個性，這種渾水她肯定是避得越遠越好，但不知道為什麼，一想到要讓萬里獨自赴約，心裡就有種不是滋味的感覺漸漸擴散。

自己是怎麼了？難道妖氣不足的後遺症，還沒完全消失嗎？

「青雪同學，走囉？」

萬里提醒的聲音從前方傳來，回過神一看，才發現背著劍袋的關倩和紅著臉小聲辯解的林筱筠，已經走出一段距離，在人行道的另一頭等待交通號誌轉綠。

青雪默默別開目光。

「……我有去的必要嗎？」

面對與兩位學姐站在一起也絲毫不顯突兀的金髮男孩，冷淡的話語不禁衝口而出。

萬里眨眨眼，不禁露出訝異的神情。

幸好他儘管算不上心思細密，也還沒有粗神經到認為青雪是在問「你都不請吃飯了，我還有跟去的必要嗎？」這種問題。

金髮男孩思考了半秒，便重新開口。

「可以的話，這次我想要借助青雪同學的力量。」

「我的力量……?」

「嗯，妳應該也注意到了吧?」萬里若有所思地望向人行道盡頭，身材高挑的關倩，正在夕陽下露出英姿颯爽的笑容。

有哪個地方怪怪的。

聽懂話中語意的青雪，默默點頭。

「希望這次不會演變成麻煩的事件。」萬里嘆了口氣，在號誌轉綠的瞬間，與狐妖女孩一起踏出腳步。

人。狐。貓。人?

在家庭餐廳角落，隱蔽性絕佳的四人座內，坐著四位剛下課的高中生。一男三女的組合，讓人不禁有種濃厚的修羅場既視感。

等到綁著高馬尾的女孩講完事件原委，時間已經過了半小時。

「……事情大概就是這樣。」關倩單手支著下巴，百無聊賴地攪動吸管，冰塊在玻璃杯中發出輕脆的碰撞聲。

「比賽結束時，對手的大腿後方、還有我的肩膀都突然出現傷口，明明不是用真劍比試，卻在身上留下被刀砍過的痕跡，怎麼想都很奇怪。」

「會不會是有心人士在比賽用的道服上做了手腳?縫入細小的刀片，或在衣服縫隙插入細針之類的。」萬里試著從合理的角度解釋。

「不可能。」關倩斷言，「開賽前，道服都會經過檢查，有問題的話，那時候就會發現了。」

「說得也是……」

「而且，不只劍道大賽上，回到學校後，奇怪的傷痕還是一直從我身上冒出來。」關倩說著站起身來，倚著四人座隔板的視線死角，一掀裙襬。

女孩白皙緊實的大腿上，有一道淺淺的鮮紅傷痕，從大腿根部一路延伸到膝蓋附近。

雖然僅僅劃破了皮膚，細長的血痕卻依舊怵目驚心。

「這是什麼時候出現的？」萬里立刻面色一緊。

「昨天下午，去和校長、主任那些人拍照前出現的。」關倩聳聳肩，所謂地讓裙襬繼續維持在側面掀起狀態。

幸好這間家庭餐廳的客人不多，他們又坐在店內角落，這才沒讓美好春光外洩出去。

萬里思索了一會，接著滿臉認真地扔出話語。

「可以讓我摸摸看嗎？那個傷口。」

「噗！」

「咳咳……」

貓妖和狐妖同時被飲料嗆得連連咳嗽，不過事主本人倒是一臉真誠的樣子，完全看不出有半點邪念，這幅景象讓關倩忍不住勾起嘴角。

「可以啊，你想怎麼摸都行。」

「那麼就失禮了……」

「等等等等等一下！」

萬里才剛伸出手，林筱筠就滿臉通紅地張開雙臂，橫擋在關倩面前。

「再、再怎麼說，直接摸也太過頭了！為什麼突然提出這種要求啊？」

「要問為什麼……因為，果然有哪裡怪怪的。」萬里無奈地抓抓頭，「妳說對吧？青雪同學。」

原本還狠狠刺出「大變態」眼神的狐妖女孩，聽到這句話後愣了一秒，才像是理解什麼似地緩緩點頭。

「我懂了，確實是確認一下比較好。」

「咦！為什麼連青雪學妹都同意了?!」林筱筠滿臉混亂地抱住頭，一副價值觀被徹底摧毀的模樣。

「難、難道異性間彼此觸摸身體，已經變成普通的社交方式了嗎……」

「放心，並沒有那種事。」關倩拚命忍住笑，以探詢的目光望向萬里和青雪。

「你們說有哪裡怪怪的，具體來說，是怪在哪裡？」

「從關倩學姐經歷的事件來看，很有可能是被某種妖怪纏上了，但是……」萬里小心翼翼地選擇措辭。

「但是妳身上，感覺不到半點妖怪的氣息。」青雪乾脆地接口，指尖輕點著桌角，「聞起來很乾淨，是純粹的人類氣味。」

一塵不染、潔淨到令人難以質疑的人類氣味。

和林筱筠的半妖氣味，以及萬里那常和各式妖族接觸所留下的混雜氣味不同，關倩身上，僅僅散發著純粹的氣味。

這讓擅長觀察氣息的萬里與嗅覺靈敏的青雪，查覺到了異樣。

「假如那些傷口真的是妖怪留下的，就算再怎麼抹除，也還是會留下一點點妖氣。確認這點後，應該能對調查整起事件有所突破。」萬里冷靜地分析道。

「所以才想摸我的大腿啊？」關倩倒是不怎麼在意，滿臉輕鬆地展開笑容。

「如果你回答只是想摸的話，說不定我會更開心點，不過這個答案也行……」

「不行！」林筱筠一聲大喊，把桌面上好不容易達成共識的氣氛再度破壞。

貓妖女孩伸出手，硬生生將關倩的裙襬壓下，接著轉身面對萬里和青雪，深深吸了口氣。

「換個方式吧。」

「呃，可是從傷口確認是最快……」

「換個方式吧，萬里學弟。」林筱筠的雙眼中，瀰漫著不由分說的意志。

被打斷的萬里不禁露出苦笑，沉吟了幾秒鐘，才輕輕一彈響指。

「既然如此，我還有個辦法，不過會比較麻煩就是了。」

「哦？」關倩頗感有趣地彎起嘴唇。

看著眼前花樣百出的金髮男孩，她不禁暗暗開始估量和他們耗下去的必要性。

妖怪什麼的，她當然還是不信，但這個高中學弟，居然能把林筱筠唬得一愣一愣……關倩忍不住好奇對方是用了什麼手段。

「關倩學姐。」萬里臉色一正，向馬尾女孩微微低下頭。

「請和我來場一對一的劍術比試吧。」

既然不能確認傷口，那麼就透過重現當時的場景，來試著引誘出可能潛伏在暗處的妖怪。

這便是金髮男孩的計畫。

於是，場景轉換到位於城市一角的道場。

「原來關倩學姐家是做這個的啊。」萬里有些意外地環視周遭。

兵器。兵器。兵器。兵器。兵器。兵器。兵器。兵器。兵器。

各式各樣的刀槍劍戟掛在牆壁、木架上，儼然是間小型的武器庫。木製地板擦得晶亮，顯示此間主人對這個道場的重視程度。

萬里、青雪和林筱筠三人，此時正並肩坐在十餘公尺見方的道場中央，靜待暫時離開的關倩回返。

聽到萬里的喃喃自語，林筱筠豎起手指接口。

「你們不知道對吧？關倩家裡其實是開武術館的哦，她的爺爺和父親都是教練出身，據說收了不少學生呢。」

「武術館也會教劍道嗎？」萬里忍不住問道。

放眼望去，道場內掛著的幾乎都是中國風格的傳統兵器，連半把竹劍都沒看見。身為武術館傳人，關倩卻是眾所周知的劍道好手，這樣的反差，不禁讓人心生疑惑。

「她真正擅長的其實是武術哦，劍道反而是她額外自學的。」林筱筠貼心地解答，「聽說比起武術，劍道的比賽更多，競技系統也比較完善，所以關倩才選擇先往那邊發展。」

「我明白了。」萬里點點頭，從口袋中掏出熟悉的土地公公仔。

隨著金髮男孩「拜請」的聲音落下，圓滾滾的超商公仔立刻活了過來，在他掌心左右張望。

「怎麼啦？萬里小子，又碰上什麼麻煩事了嗎？」

「后土大人。」萬里先向無名土地神的分靈微微低頭遞上敬意，才開始說明狀況。

「……總之，待會我和關倩學姐比試時，希望您能在一旁觀察是否有可疑的妖氣出現。」

「耶？好麻煩，本神才不要……啊等等等等！」

面對微笑著突然加強手勁的萬里，土地公公仔發出沒出息的大叫，拚命扭動著塑膠製身軀想逃離男孩的掌心。

「這種事情，拜託那邊的狐妖小妹不是也可以嗎？何必連本神也請出來？」

「那是因為……」萬里欲言又止。

接著迴盪在道場中央的話語，讓青雪和林筱筠心頭一震。

「纏上關倩學姐的妖怪，說不定會殺人。」

五分鐘後，將學校制服換下的關倩回到道場。

「抱歉，讓各位久等了。」

馬尾飛揚。

已經脫下制服裙和鞋襪，關倩的下半身換上便於行動的寬褲，上半身則僅僅用繃帶纏住胸口和左肩傷處，大方露出包括腰肢和手臂在內的大片肌膚。依舊高高紮起的馬尾落在腦後，讓她渾身散發著古代武者般的英氣。

萬里隨手將土地公公仔交給青雪，跟著站起身來。

關倩在距離金髮男孩仍有數公尺的位置停下腳步，一抬手間，將一柄木刀扔了過來。

「不好意思啊，萬里學弟，我平常大多都用竹劍，所以練習用的木刀，家裡就剩下這把了。」

「沒關係，本來就是我這邊提出比試的邀請，還在武器上吹毛求疵，就有點太過頭了。」萬里俐落地接下木刀，雙手握緊刀柄揮了揮。

稍微有點輕，但還在可接受範圍內。

迅速掌握住刀身平衡的情報，金髮男孩緩緩吐了口氣。

「關倩學姐要用平常的竹劍嗎？」

「不，機會難得，我想讓這孩子稍微活動一下。」

關倩下一秒從架子上拿下來的武器，讓所有人不由得瞪大雙眼。

幾乎有一人高的長柄末端，鑲著刀鋒厚重的偃月型長刃，華麗的雲紋刻在刀身平面，刀與柄的交接處則盤踞著纖長的龍型刀顎，是集華麗與威武於一體的、傳說中的古代兵器。

青龍偃月。

「雖說這孩子實際上不是用來作戰的，但我偶爾還是會拿出來耍耍。」關倩輕輕鬆鬆將青龍刀提起，在面前舞兩三圈。

颳起的勁風吹散萬里的瀏海，讓他不禁露出苦笑。

「別擔心，這把刀雖然重，但是還沒有開鋒過，就算被砍到也沒關係，頂多是瘀青或骨折之類的。」

關倩這一席不知道是不是在開玩笑的話語，讓旁觀的青雪和林筱筠同時默默將位置往後挪。

「萬里學弟不會受傷吧……」個性溫柔的貓妖女孩，忍不住透出擔憂的情緒。

「放心吧，妳們可能不知道，萬里小子小時候可是受過他爺爺嚴格的古流劍術訓練，對手是一般人的話，要取勝可說是易如反掌。」土地公公仔得意地揮揮手，似乎不怎麼擔心。

但無論怎麼看，眼前把青龍偃月刀舞得虎虎生風的關倩，和所謂的「一般人」根本搭不上邊。從剛剛開始就默不作聲的青雪，甚至已經拿出手機，做好替萬里叫救護車的準備了。

「比試規則就用一擊定勝負……先用有效攻擊打中對手的那方獲勝，應該沒問題吧？」關倩豎起偃月刀，將刀柄末端往地面重重一頓。

「萬里學弟，你需要穿護具嗎？」

「應該不用，我沒有穿護具的習慣，真的戴上了反而會綁手綁腳。」出乎意料地，萬里拒絕了這個提議。

他僅僅是將雙手袖口挽起至肩膀附近，便舉刀站到關倩面前。

「話先說在前頭，如果受了什麼傷，我可不負責哦？」看著對方近乎毫無防備的姿態，馬尾女孩不禁揚起眉角。

「要是情況不妙，我會馬上認輸的。」萬里露出苦笑。

兩人相對而立。

體格方面當然是萬里大大占優勢，但借來的練習用木刀與青龍偃月相比，簡直和玩具沒什麼兩樣。要是雙方站定互砍，肯定會由攻擊距離長上一截的關倩獲勝。

這一刻，幾乎所有人都忘記此行的目的，一心只關注著這場決鬥的發展。

除了……某位土地守護者之外。

自始自終，萬里都沒有把注意力從關倩身上移開過。

並非為了取勝，而是因為不想錯過任何異樣的變化。

「那麼，硬幣落地的時候，就開始比試，可以吧？」關倩從口袋裡掏出一枚十元硬幣，扣在左手的拇指與食指間。

萬里才剛點頭回應，硬幣就發出清脆的響聲被彈往上方。

燈光映照下，不斷旋轉的錢幣反射著金屬色澤，鏘啷一聲落在地面。

關倩與萬里同時架起武器。

沒有像西部槍手那樣，在決鬥開始的瞬間就發起奇襲，兩人不約而同擺出正統迎敵的架式，彼此用眼神試探著對方的意圖。

既然是一擊決勝負，那麼貿然進攻只會讓自己露出破綻。

尤其是武器方面占據劣勢的萬里，如果直接提刀攻過去，可能早已被青龍偃月當場撂倒了吧。

就算是充分鍛鍊過身體的他，正面吃下一記大刀劈砍也不可能平安無事。

所以必須沉住氣。

萬里很有耐心地用刀尖指住關倩，緩緩移動腳步，尋找進攻機會。

另一邊的馬尾女孩，卻似乎對長時間對峙沒什麼興趣。開場的眼神試探剛結束，她就將青龍偃月刀高高舉起，一個墊步，刀鋒往萬里肩側猛甩過去。

這可不能硬接。

因為對手中木刀的堅固程度實在沒信心，萬里只得閃身退避。

這一退，讓雙方間的距離再度拉開，青龍偃月刀的長度優勢，在此刻體現得淋漓盡致。

關倩毫不客氣地把大刀舞成一團旋風，徹底鞏固防禦，就算這時萬里發起自殺式衝鋒，也不可能在被砍到之前突破如此嚴密的防守。

大勢底定。

只是一個進攻回合，關倩便立於不敗之地，接下來失去近身機會的萬里，就只能在四處逃竄或挨打之間做選擇了。

但金髮男孩沒有因此慌了手腳，始終保持將木刀架在中段的姿勢，踩穩腳步，在青龍偃月刀橫掃範圍外四處遊走。

正面硬拚顯然是沒勝算了，但這場決鬥，他還留了一手。

關倩揮舞著青龍偃月刀，把萬里往道場角落步步進逼，在最後一點活動空間消失殆盡前，金髮男孩終於首次做出躲閃以外的動作。

看準大刀砍空的剎那，萬里一個加速步，往關倩正面衝去。

然而，他再怎麼快，也快不過迴轉一圈後重新斬出的青龍偃月。

馬尾女孩雙手緊握刀柄，旋身間，將刀鋒掃向萬里的側腹，這一刀，讓主動衝進防禦圈的萬里避無可避。

旁觀的林筱筠忍不住發出驚呼，青雪也默默按下一一九。

只有金髮男孩的眼神中，還燃燒著炙熱。

「木生火生土生金！」手指往木刀刀身一劃，五行相生之術立刻發動，將木材纖維徹底硬質化。

金屬相碰的巨響迴盪在道場中央。

雖然比起自己慣用的黑色木刀，五行相生的轉換效率差上不少，但萬里還是憑藉質地硬化的一擊，成功擋開青龍偃月，欺近關倩身邊。

「沒錯！就是這樣！讓她嘗嘗古流劍術的厲害！」土地公公仔興奮地跳上跳下。

「不，跟劍術流派無關，那完全是作弊吧。」青雪半睜著眼睛吐槽。

「關倩學姐，抱歉了！」萬里高舉木刀，往關倩面前劈下。

武器被隔在外門的馬尾女孩，受到大刀厚實的重量影響，無法進行防禦或閃躲，只能眼睜睜看著恢復原狀的木刀往自己揮來。

勝負已分！

正當一眾人神妖怪都如此認定時，萬里的雙眼中，隱隱閃過空氣產生的一絲擾動。

危險。

查覺到面前空間的異樣，金髮男孩在揮刀下劈的最後一刻，憑著強大的核心肌群，硬是改變姿勢，後仰扭頭。

妖氣的旋風乍現即逝。

鐮。鼬。飛。舞。

氣流逸散間，一道血痕在萬里眼角下方爆開。

「楊萬里！」

「萬里學弟！」

青雪和林筱筠急忙起身，卻被坐倒在地的金髮男孩揮手制止。

剛剛確實有一瞬間，出現了陌生的妖氣。

雖然只有一點點，妖氣強度也不高，甚至比身為一尾狐妖的青雪弱了些——但那種輕盈銳利的性質，實在太難以捉摸，就連觀察力異於常人的萬里，都無法準確掌握對方藏身的位置。

好不容易把它引出來了，必須趁這個機會做個了結。

顧不得從頰邊淌落的鮮血，萬里迅速移動視線，尋找周遭的異樣之處。

「學弟，你沒事吧？」眼看金髮男孩突然受傷倒地，關倩反射性地放下大刀，往他身邊走去。

空氣中再度顯現擾動。

「關倩學姐，退後！」萬里急忙大叫，卻已經晚了一步。

銳利的風切聲響起，一道十數公分長的細長傷口，出現在關倩裸露的側腹肌膚上，大片腥紅瞬間濺出。

時間似乎慢了下來。

關倩睜大雙眼，平時英氣凜然的臉龐透出驚訝的情緒，尚未傳遞到意識中的劇痛，讓她半邊身體暫時陷入麻木。

木地板上，血珠一點一滴灑落。

「嗚……啊……」馬尾女孩從喉嚨中發出悶吟，腳步不穩地向前倒去。

一雙手臂及時伸出，將她擁入懷中。

「青雪同學，救護車！」萬里抱著失去意識的關倩，下達指令。

尖銳的鳴笛聲，響徹街頭巷尾。

在醫護人員到來前，萬里先借用了道場的備用繃帶，替關倩止住血，自己臉頰上的傷口也貼上紗布，林筱筠則負責和接獲通知後急急趕來的關倩父母大略解釋狀況。

奇怪的是，儘管流了不少血，關倩側腹的傷口卻沒有想像中嚴重，切口纖細平整，深度也相當淺，看起來至少沒有生命危險。

但她依舊昏迷不醒。

目送醫護人員和關倩父母陪著擔架一同進入救護車後，被留在道場的三人，不約而同地面面相覷。

毫無疑問，剛剛襲擊萬里和關倩的，是某種未知的妖怪。

重點就在於「未知」這個部分。

「萬里學弟，剛才那個妖怪……是什麼？」林筱筠緊緊抓住金髮男孩的袖口，空氣中殘留的肅殺氣息，讓她敏感的貓妖體質感受到了危機。

「不確定。」萬里搖搖頭。

「明明連妖氣都散出來了，卻沒有顯現形體，我還是第一次遇到這種狀況。」

「味道，也消失了。」青雪淡淡表示。

她在周遭空氣出現異常擾動時，就馬上集中注意力，想透過嗅覺來判明對方的真身。但妖氣迸現的下一刻，一陣清風便颳過室內，把隱隱透出的異樣氣味完全抹除。

這下子，就算想用青雪的鼻子追蹤也不可能了。

「還不能確定那種妖怪什麼時候會出現，如果它真的纏著關倩學姐，就不能讓她落單太久，我們也馬上出發去醫院吧。」萬里撿起掉落在地的青龍偃月刀，將其掛回架上。

「等等，萬里小子。」站在青雪肩頭的土地公公仔沉聲說道，「以目前為止顯示的跡象來看，答案應該已經很明顯了吧？那隻妖怪是……」

「后土大人。」金髮男孩舉起手，罕見地打斷無名土地神。

「再給我一點時間，我會把這起事件妥善處理好。」

「萬里小子，你明白的吧？那已經不是普通的妖怪了，趁現在還沒釀出什麼事端，最好盡早斬草除根。」無名土地神的語氣無比嚴肅，「要治本的話，就不能心軟，把話說明白，對那個女孩會比較好。」

一下子緊繃起來的氣氛，讓青雪和林筱筠的背脊爬上寒意。

只有萬里仍然一派輕鬆地聳聳肩。

「我不是想救火，我想救身在火海裡的那個人。」

第九章——鐮飛鼬舞・參

一行人趕到醫院時，關倩已經轉到一般病房，萬里和熟識的醫院工作人員一陣溝通後，終於順利得到探病許可。

接獲護士小姐的通知，一名中年男子在醫院大廳和他們會合。男人擁有與關倩相同、獨屬武術家的銳利雙眼，向後梳起的髮絲，以及唇邊留著的小圈鬍鬚都略顯斑白，顯示出歲月的風霜。

和萬里握了握手後，中年男子緩緩開口。

「我是關倩的爸爸，關儼。你們是她的同學？」

「伯父好，我們和關倩學姐是同個社團的朋友。」萬里有禮貌地低頭問好，再次搬出之前混進林筱筠病房時的說詞。

接下來幾分鐘，關儼再次詳細問了事情發生的經過，卻被金髮男孩用各種貌似合理的說詞搪塞過去。

人類本來就會在潛意識中，掩蓋妖怪出現過的事實，因此儘管關儼邊聽邊大皺眉頭，卻沒有提出任何質疑。

看著萬里大肆唬爛的身姿，青雪不禁有些無言。她從來不知道，這個平常看起來腳踏實地的男人，講起幹話居然如此得心應手。

總算消化完萬里的長篇大論後，關儼按住鼻樑根部，疲憊地嘆了口氣。

「不好意思，關倩給你們添麻煩了。」

繞了一大圈，居然還把挑起事端的責任丟回關倩那邊？

青雪和林筱筠互望一眼，不禁深深對萬里的話事能力感到恐懼。

「那個孩子，從小不管做什麼事，都有點認真過頭了。」關儼露出看著遙遠事物的眼神，在數十年歲月間留下嚴肅紋理的嘴角，勾出些微懷念的弧度。

「也許是骨子裡也流著不服輸的血液吧，只要是全心付出努力的事，那孩子就不允許自己失敗，有時候實在把精神逼得太緊，可以的話，希望你們待會能多陪她聊聊。」

男人留下這句話後，便體貼地在大廳的椅子上坐下，讓他們自行前往病房。

最了解孩子的，往往是父母。

靜心等待，並寄予信任，這是關儼身為父親的溫柔。

或許，他也看出了一件事實。

讓關倩倒下的，並非物理上的傷口。

「關倩，我是筱筠，我和萬里學弟和青雪學妹來看妳囉？現在進去方便嗎？」

來到房號「5435」的病房外，林筱筠輕輕敲了敲門，裡頭立刻傳來「請進」的回覆。

從病床上坐起身的關倩，精神遠比想像中好很多。

一邊向魚貫走進房間的眾人點頭，女孩一邊將披散在背後的長髮紮起馬尾。只是數秒的時間，她就重新散發出刀刃般的精煉氣息。

即使身上穿著住院用的寬大袍服，關倩仍然給人一種隨時能起身戰鬥的感覺。

「關倩，妳的傷口還好嗎？有沒有需要縫針？」林筱筠一來到病床旁，就忍不住擔心地問道。

「醫生說傷口很淺，可以考慮不縫。」馬尾女孩滿臉無所謂，「倒是萬里學弟，你臉上的傷，應該不會影響到接下來的高中籃球聯賽吧？」

「沒事，過個兩天就會好。」萬里撫著臉頰上的紗布，露出笑容。

眾人分別拉了椅子在病床邊坐下，不一會，關倩和林筱筠就聊了起來。歡聲笑語。

現場和樂融融的氣氛讓青雪有些煩躁，趁著其他人不注意，她拉了拉金髮男孩的衣角。

「楊萬里。」

「嗯？什麼事？」

「那隻妖怪的事情，不趕快解決掉嗎？」青雪悄聲問道，「那種妖怪現身的時候，都沒有半點預兆，萬一又突然冒出來……」

「這方面的話，倒是不必擔心。」萬里微笑著擺擺手。

「如果我猜得沒錯，那種妖怪不會在這種情況下出現，所以暫時是安全的，大概。」

「大概？」青雪表達出最大程度的不信任。

萬里苦笑著擺擺手。

「嘛，就讓關倩學姐她們再聊一下吧。」

「不，這件事到此為止。」

充滿威嚴的聲音，從金髮男孩的制服襯衫口袋中傳來。

土地公公仔一躍之間，跳上萬里的肩膀，把室內所有目光都吸引過去。

「萬里小子，對人溫柔也要有限度。就算你現在選擇隱瞞真相，冒著風險把事件壓下來，也無法真正解決問題！」

「這我當然明白……」萬里的笑容中帶著無奈。

無視關倩驚訝到下巴幾乎要掉下來的表情，土地公公仔繼續在金髮男孩肩頭跳上跳下。

「不從根本處理的話，那隻妖怪只會不斷出現，到處傷人，萬一有其他人類因此喪命，你能負起責任嗎？剛剛要不是萬里小子反應夠快，那一刀可能已經讓你身受重傷了！換成別人的話怎麼辦？就眼睜睜看著腦袋被切成兩半嗎？」

這一席嚴厲的訓話，讓萬里默默低下頭。

的。」

「……抱歉，后土大人。」

「萬里小子，收起你那無謂的天真吧，有些事情不是放任不管就能漸漸轉好

土地公公仔轉過身，面對病床上的馬尾女孩。

「本神就直說了，纏上妳的是一種叫做『鐮鼬』的妖怪。」

空氣不詳地擾動著。

「鐮鼬？」關倩忍不住反問，土地公公仔在眼前蹦蹦跳跳的事實，似乎讓她一下子反而能接受妖怪的存在了。

「不，正確來說，並不是被纏上，妖怪鐮鼬……是被妳呼喚而來的，關倩小妹。」

無名土地神嚴厲的話語之箭，往馬尾女孩的胸前直刺而去。

「被關倩呼喚……？」林筱筠露出不解的表情。

「沒有錯，事實上，鐮鼬本身並不是什麼危險的妖怪，最多也就是在旅人的手臂、小腿上留下一點小傷口而已，不存在如此強大的『斬』、『切』能力。只有一種情況，能讓妖怪獲得非比尋常的力量……」不同於萬里的沉默，無名土地神的聲線中毫無感情。

「那就是，遭受人類使役的時候。」

心念、願望、祈求。

妖怪和神明的分別，本來就只有一線之隔。弱小的妖怪會聽取人類的心願，並從宿主身上汲取力量，形成類似共生的狀態。

然後，為其排除道路上的障礙。

「別開玩笑了，我在這之前根本就沒相信過妖怪的存在，怎麼可能做出那種像是寶○夢訓練師的事情。」關倩倒是對這個結論不以為然，馬尾隨著她搖頭的動作微微晃動。

「不是的，關倩學姐。」萬里緩緩抬起臉龐。

「所謂的『使役』，並不是這麼明確的主從關係。倒不如說，妖怪只會在宿主下意識做出期望的時候才會現身。簡單來說，被寄宿的人類很可能在毫不知情的情況下，發揮妖怪的力量。」

不想輸掉比賽，不想和麻煩的校務人員接觸，不想被門外漢在比試中擊敗。

於是鐮鼬回應宿主的期待，吹起了利刃之風。

「但是，我也在事件的過程中受了好幾次傷，總不能說是我自己想被砍的吧？」

關倩皺起眉頭，似乎無法接受這種說法。

「正是因為如此，本神才無法同意萬里小子想息事寧人的決定。」無名土地神的聲音，如雷鳴般在室內迴盪。

「連自己的內疚感也想用那陣風洗清，擅自偽裝成『受害者』的姿態，關倩小妹，這就是妳真實的模樣。」

潛意識中，她是明白的。

明白劍道比賽的對手，為什麼會突然受傷，明白萬里臉上的傷口背後，隱藏著什麼。

那是，她不服輸的意志。

堅決取勝的願望呼喚了鐮鼬，造出一枚枚風刃，在物理層面上徹底摧毀對手。

她是知道的，自己做出了多麼過分的事情。

於是女孩也躲藏在揚起的旋風中，試著藉此洗淨身上的髒汙，保持純潔無瑕。

不僅是為了欺騙別人，也是為了騙過自己。

「關倩，真的是這樣嗎？」林筱筠的聲音有些顫抖。

馬尾女孩別開目光，沒有回答。

默不作聲。

青雪、萬里、林筱筠和無名土地神，一眾人神妖怪，全都像在等待什麼似地安靜下來。

半分鐘過去，關倩才終於打破沉默。

「那麼，我該怎麼做，才能讓鐮鼬離開身邊？」馬尾女孩的語調失去以往的從容，顯得柔弱許多。

「方法很簡單。」無名土地神立刻接口，「不要爭勝即可，放棄劍道、放棄武術，放棄妳最為珍視、無論如何都不想輸的事物。如此一來，鐮鼬就會隨著時間過去，漸漸退散。」

「具體來說，需要多久的時間？」關倩咬緊嘴唇，目光中閃爍著不確定。

「快一點的話，大概一、二十年。」

「一、二十年……」馬尾女孩的臉色瞬間蒼白下來。

那是一段，足以徹底摧毀運動員巔峰期的漫長時光。

「騙人的吧……」林筱筠忍不住喃喃說道，「不、不能直接把鐮鼬退治掉嗎？」

「退治？還真是傲慢的發言啊。」無名土地神對這個提議嗤之以鼻。

「聽好了，貓妖小妹，鐮鼬這種妖怪本質上是無害的，真正有害的，是『使役者的心願』，它不過是遵從指示而已。」

應該被追究責任的，不是凶器，而是殺人犯。

就算把全世界的凶器通通消除，只要殺人犯仍存在，那種行為就毫無意義。

土地公公仔嘿咻地跳上萬里頭頂。

「況且，鐮鼬已經和關倩小妹的心靈緊緊綁在一起了，硬是打倒它，反而會重傷使役者。讓關倩小妹從此失去『斬』、『切』的概念，這樣一來，和放棄武術其實沒什麼兩樣，不是嗎？」

這就是所謂的進退兩難吧。

室內氣氛一下子凝重起來。

「如果，我在不擺脫鐮鼬的情況下，繼續參加劍道比賽，會發生什麼事？」關倩的語調依舊平靜，雙手卻緊緊握住被單。

「那樣的話，妳會一路維持『不敗』，直到遇上必須殺人才能戰勝的對手為止。」無名土地神答道。

——纏上關倩學姐的妖怪，說不定會殺人。

萬里曾這麼說過。

或許，他在那個時間點，就隱約猜出真相了。

「本神建議妳還是老老實實放棄吧。畢竟，妳可是不惜傷害對手也要獲勝呢，這樣的代價，已經很便宜了。」土地公公仔的聲音中不帶任何感情。

「你說得對，但是……」

關倩深深低下頭，散落的瀏海遮掩住她的表情。

好一段時間內，病房又再度回歸死寂。

「其實，還有另一種方法。」萬里靜靜開口。

「不用驅除鐮鼬，關倩學姐也能重回賽場的辦法。」

聽完他的提議，所有人不約而同睜大眼睛。

探訪時間很快就過去了，臨走前，萬里收回土地公公仔的請神狀態，與貓妖和狐妖一起走出病房。

「萬里學弟，能請你稍等一下嗎？我有問題想問。」

在房門即將關上的前一刻，關倩的呼喚從背後傳來。

「啊，那……我們在這裡等你。」林筱筠體貼地拉著青雪走到門邊。

「別太久。」狐妖女孩滿臉不耐地叮嚀。

萬里苦笑著點點頭，回到病房後，他小心翼翼地關上門。

直覺告訴他，不論關倩想問什麼問題，都不是能讓其他人聽到的內容。

金髮男孩默默回到床邊坐下。

關倩凝視著雙手指尖，眼神像是在估量商品的價值般，不帶任何感情。

沉默片刻，她才重新抬起臉龐。

「臉上的傷，還好吧？」

「沒事，只是小擦傷。」萬里展開微笑。

雖說要是他偏頭的動作再晚個半秒，就會被削掉半顆腦袋。

但萬里是個結果論主義者，既然現在自己沒事，那就沒什麼好追究的。

「為什麼……願意幫我到這種程度？最後提的那個方法，會讓你也背負很大的風險吧？」關倩就事論事的語氣很有成年人的風格，「你想要什麼回報？錢？」

「不，我不會收錢的。」萬里連忙搖手。

土地守護者處理事件的形式，比較偏向義務性質。楊百里當年的作風如何，萬里並不清楚，但自從他上任以來，還沒賺到過半毛錢。

「萬里學弟，你知道嗎？」

「嗯？」

「不求回報的恩惠，比仇恨更恐怖哦。」關倩勾起嘴角，「就算放寬標準，我們也不算朋友對吧？筱筠也就算了，我可沒天真到認為一個陌生人會無償來幫自己。」

「意思是，如果我要求點代價的話，妳會比較安心嗎？」萬里抓抓頭。

「差不多就是那個意思。」

收錢辦事，的確是天經地義。

「不過，再怎麼說，我畢竟還是學生，錢是肯定不能收的。」

金髮男孩苦笑著在面前用手指打了個叉。

看著這樣的景象，關倩仰起頭，露出若有所思的表情。

「……我明白了。」

「關倩學姐能明白就好。」

「你想要我用肉體支付報酬對吧？」

少．女．的．肉．體。

「咳咳?!」萬里難得失去從容，「不，那個……關倩學姐，我不是那個意思。」

「啊？這是怎樣？」不知為何，馬尾女孩卻露出不悅的表情。

「難道是對我的身體有什麼不滿意的地方嗎？別看我這樣，解下纏胸布的話，份量還是比筱筠大一些的，當然因為經常運動的關係，身體其他部位摸起來可能沒有她那麼柔軟，但是……」

「等等！先停一下！」萬里頭疼地按住額角。

「關倩學姐，我認為女孩子說出這麼毫無防備的話，實在不太好，而且打從一開始，我就沒要妳用身體當作報酬啊。」

「是嗎？」關倩微微彎起的雙唇間，感覺不出一絲笑意。

她靜靜將手掌放上胸口。

「但是，除了好好存下的零用錢和這副處女之身外，我已經沒有任何有價值的東西了，要支付報酬的話，你恐怕只能任選一樣……不，如果真如你所說，能讓我以正常的姿態回歸賽場，就算全部拿去也沒關係。」

「既然這樣，那麼我只有一個要求。」萬里豎起手指。

「明年的劍道大賽，就在不依靠鐮鼬的前提下努力獲勝，然後拿回冠軍吧。」

「這樣就可以？」

「這樣就可以。」

「錢……和我的身體……」

「那些都不用。」

「為什麼?」關倩的嘴角緊抿，眼神略為搖曳。

「你剛剛也聽到了吧?我是那種，不惜傷害對手也要得勝的人哦?身為籃球校隊的你應該也明白，這種運動員根本不該踏上賽場……不，這樣的人，根本不配稱作運動員。」

單方面的傾訴潰堤而下，萬里卻無動於衷，靜靜聆聽關倩宛如自殘般的話語。

馬尾女孩調整好呼吸，輕輕抬起視線。

「即使這樣，為什麼還願意幫我?這麼做明明對你沒有半點好處，不是嗎?」

「好處其實是有的哦。」萬里展開溫和的笑容。

「因為，關倩學姐是我仰慕的對象啊。」

喀蹦!

門外傳來隱約的撞擊聲，讓萬里下意識回過頭，正好錯過關倩將發燙的臉頰藏在手掌下的動作。

「我沒猜錯的話，你說的仰慕，應該是關於運動方面對吧?」

「這不是當然的嗎?」萬里疑惑地歪頭。

「那就好好講清楚啊，臭男人。」不知為何突然發火的關倩，從唇前移開手掌，深深嘆了口氣。

「能被學校的後輩仰慕，說實話挺讓人開心的。但正如你所見，真正的關倩，不過是個既卑鄙又一無是處……最差勁的女人。」

「即便如此，關倩學姐還是渴望勝利，不是嗎？」萬里一派輕鬆地笑笑。

「對我來說，真正了不起的運動員，不一定要體能強勁、技術高超，或擁有諸多大賽的冠軍哦。」

徹底顛覆一般認知。金髮男孩的論調，對所有熱愛運動的人來說，無疑是逆風而行。

「那是什麼意思？」關倩忍不住皺起眉頭。

「意思是，重要的是比任何人都強烈的求勝欲望。」

為了爭奪球權撲在地上，為了鍛鍊體能投身永無止境的訓練，為了調節體態進行慘無人道的節食，然後上場戰鬥時，無論面對怎樣的劣勢，都要想著贏。

要贏，要贏……要贏！

就算明知會輸，也要拚了命去贏，用盡各種方法，去探究勝利的可能性。

於是，強烈到突破人類極限的好勝心，終於連妖怪也為之驅使。

「看著關倩學姐的手，就能知道了。」萬里指了指關倩放在被單上的雙手。

成千上萬次握緊竹劍、反覆擊打，讓馬尾女孩掌心長出厚厚的繭，手指指節也因此變得粗大。

再加上手背因為經歷各種比賽，留下了大大小小的瘀傷，關倩的雙手，早已失去了一般高中女孩應有的模樣。

那是……經過充分鍛鍊的手。

「這麼一想，努力程度甚至能得到妖怪認同的關倩學姐，真的很了不起呢。」

「不對，那只是醜陋的欲望而已……」關倩苦笑著搖搖頭。

「我傷害了劍道大賽的對手，傷害了萬里學弟你，甚至用傷害自己的方式來嘗試脫罪，像我這種女人……」

「也沒什麼大不了的，不是嗎？」

「……欸？」

「人類不就是這樣的生物嗎？總會在某個時刻閃過『想狠狠揍這個人』、『想馬上離開這個地方』、『想吃那種食物』之類的。」萬里雲淡風輕地說著。

「就像鐮鼬不過是回應了關倩學姐的心願一樣，關倩學姐，也僅僅是被妖怪回應了心願而已。」

「僅僅是被回應了心願……」關倩的眼神有些茫然。

安靜的數秒很快過去，馬尾女孩顫抖著肩膀，從唇邊發出一聲悶笑。

「你還真是個有趣的傢伙呢，萬里學弟。」

「謝謝誇獎。」萬里露出苦笑。

「總之，只要關倩學姐能靠自己，再次拿下劍道大賽冠軍，對我來說就是最好的報酬了。誰都想看自己支持的運動員奪冠吧？」

「嗯，我明白了，到時候就請你拭目以待。」關倩從被單上抬起手，輕觸萬里擱在膝頭的手背。

「還有，那個……鐮鼬的事情，拜託你了。」

光是做到這種程度，馬尾女孩的耳根就紅了起來。

完全沒注意到這點的萬里，大大展開笑容。

「沒問題，交給我吧。」

第十章——鐮飛䶑舞・肆

假日傍晚，萬里全副武裝，來到城市郊外的樹林與眾人會合。

說是全副武裝，乍看之下，他也不過是多套了件深色外袍而已。

衣襟對開、略寬的袖口長度直至手肘下方，這種古樸風格的袍服設計，讓萬里看起來頗有點驅魔師的架式。

「太慢了，楊萬里。」恭候多時的青雪，幾乎在金髮男孩出現的瞬間，就把累積已久的不滿傾倒過去。

「抱歉，因為要做很多準備。」萬里苦笑著雙手合十，從袖口露出的手腕上，纏滿寫著密密麻麻咒字的繃帶。

「時間，差不多了嗎？」身穿便裝的林筱筠吞了吞口水，眺望西下的落日。

盾。盾。盾。盾。盾。盾。盾。盾。盾。

貓妖、狐妖和人類，腳下影子全都不安地散亂著。

按照慣例，依舊是逢魔之時。

「我們走吧。」萬里拉緊裝有黑色木刀的背袋，帶頭走進樹林。

他的計畫很簡單，既然不能退治鐮鼬，又想讓關倩重歸賽場，那麼解決事件的方法只剩下一種。

製造一個「即使借助鐮鼬之力，也絕對無法戰勝的強大對手」。

如此一來，鐮鼬因為無法完成使役者的心願，就會拚命到散盡妖氣，直至自身陷入沉眠為止。

表面上的作戰是這樣的。

「楊萬里，你該不會真以為自己打得贏『那個』吧？」往樹林深處走去時，青雪淡淡說道。

「老實說，沒什麼把握。」萬里坦承。

「按照計畫，我們兩個是不能出手的哦？」青雪斜過目光，「所以就算被殺掉了，也別怪我不幫忙。」

「啊啊，我明白，青雪同學和筱筠學姐只要在旁邊看著，不要讓『那個』逃跑就行，剩下的我會設法處理。」

「……笨蛋。」

「呃？」萬里不懂為什麼會突然被罵。

「別隨便被殺掉，笨蛋。」青雪狠狠瞪了他一眼，加快腳步向前走去。

「萬里學弟，萬里學弟。」

金髮男孩回過頭，才發現林筱筠正扯著他的衣角。

貓妖女孩踮起腳尖，喃喃細語在萬里耳邊綻放。

「這個時候，應該要說『我絕對會活著回來見妳』才是正確答案哦。」

「聽起來挺浪漫，但總有種立 **Flag** 的感覺啊……」萬里無奈地苦笑。

一行人很快來到約定地點——樹林間的某片空地。

鄰近湖畔的這塊土地，以前是個小有名氣的踏青景點。後來因為周遭環境實在沒什麼特色，步道入口又太過難找，現在已經呈現半荒廢狀態。

曾經建造在湖邊的木造涼亭早已毀壞，只剩下幾根木柱還孤零零地矗立在草地上。

那幅景色前，一顆灰白色的巨岩巍然聳立。

熟悉的身影，靜靜端坐其上。

魆。

湖。木。岩。人。狐。貓。

裸露肌膚的上身、僅有胸前纏上繃帶，下方則穿著便於活動的寬褲，一頭長髮高高紮起，讓女孩緊閉的雙眼暴露無遺。

橫放在她膝頭的，是隱隱映照晚霞光芒的長柄大刀。

青龍偃月。

「那麼，差不多要開始囉。」萬里輕聲提醒身邊的女孩們。

「別拖太久，如果天色完全變暗會很麻煩。」青雪冷冷留下這麼一句話，獨自往巨石左側飛竄而去。

「萬里學弟，千萬要小心哦。」林筱筠難掩緊張地握了握萬里的手，接著化出貓耳和尾巴，往青雪的相反方向奔出。

確認兩名女孩都退出一段安全距離後，萬里迅速調整好呼吸，一邊抽出木刀，一邊大踏步向前走去。

「關倩學姐。」

女孩擁有白皙肌膚的肩膀微微一震。

「上次沒有分出勝負的比試，讓我們從頭開始吧。」

金髮男孩架起木刀，事先塗滿全身的咒字炙熱蒸騰。

在萬里的呼喚下，「那個」緩緩張開了眼睛。

幾個小時前先吞下符咒，來到樹林中等待的關倩，此時已經被抑制住大部分的人格，只剩下內心中最強烈的情緒還留存著。

拜此所似，妖怪「鐮鼬」也獲得了一定主導權。以關倩好勝心為食的它，力量等於經過了數倍增幅，此時散發出的妖氣，幾乎與有百年道行的妖怪不相上下。

沒錯，萬里說謊了，他要面對並擊敗的，不僅僅是鐮鼬而已。

還有關倩近乎執念的爭勝意志。

雖然聽起來很傻，但這是他唯一能為仰慕對象做的事。

「不會讓妳這份努力想贏的心情變質的，關倩學姐！」

狂風吹亂萬里的髮絲，卻無法撼動他的決心。

理所當然，「那個」沒有做出任何回應，只是靜靜端坐著，投下睥睨的視線。

關倩原先散發銳利感的雙眼，此時轉為一片腥紅。

她從口袋裡掏出一枚硬幣，將之高高彈向空中。

硬幣掉落地面的瞬間，巨岩上已經空無一人。

斬！

塵土奔散，金髮男孩上秒所在的位置，開出一道巨大裂縫。

險險避開這刀的萬里，不禁暗暗慶幸自己的計畫是正確的。

之所以選擇在這個人煙罕至的樹林開戰，除了希望能盡量不波及路人，還有另一個目的——利用林間的樹木作為掩體，盡可能削減鐮鼬風刃的威力。

萬里光從第一擊就能判斷，即使自己四肢、身體都纏滿了抗擊術式，也不可能正面接下那種斬擊。

於是他毫不猶豫地往樹林內跑去。

重重將青龍偃月刀砍入地表的關倩，沒有立刻追上去，而是緩緩拔起大刀，由直劈改為橫掃。

斬——————————！！！！！

一整排樹木齊齊折斷。

看著身後劈哩啪啦倒成一片的大樹，萬里不禁冷汗直流。

他錯了，這些掩體好像沒什麼用。

既然如此，就不能繼續躲躲藏藏了，必須主動出擊！

趁著關倩四面揮舞大刀，掃倒一片片樹林時，萬里藏身在掀起的塵土中，悄悄欺近馬尾女孩。

剩餘距離，十公尺……五公尺……一公尺！

瀰漫四周的塵土左右一分，萬里矮身竄出，指尖在木刀表面劃過，五行相生之力瞬間流轉。

「木生火生土生金！」

黑色木刀化為貨真價實的武士刀，重重砍在關倩及時橫架的青龍偃月上。

沉悶的金屬音迴盪耳際。

單純比較腕力的話，應該是身為籃球校隊主力的萬里大勝，但由鐮鼬接過身體主導權的關倩，此時卻輕輕鬆鬆地把武士刀壓了回去。

「嘖。」萬里咬緊牙關，使勁抵擋步步進逼的大刀刀柄。

「咕嗚嚕嚕……」近距離與金髮男孩額頭相抵的關倩，從喉嚨深處發出野獸般的低吼。

這下可真是不妙……

萬里忍不住在心中嘆道。

雖說成功按照計畫，把戰鬥帶入了近身戰，這麼一來，鐮鼬就不能隨意施放威力強大的風刃，以免傷到關倩的身體，但是……

沒想到雙方的力量差距居然如此懸殊。

「咕哦哦哦哦哦！」

青龍偃月橫掃而出，將萬里震得飛退。一擺脫武士刀的糾纏，關倩就高高舉起大刀，揮出劈開大地的斬擊。

萬里急忙打滾避開。

飛砂走石間，金髮男孩斜後方的大樹一口氣分成兩半，緩緩朝左右倒去。

真是……誇張的威力。

萬里不禁暗暗咂舌，迅速翻身站起。

才剛穩住身形，第二、第三道風刃便再次切開空氣，往眼前飛來。

想當然，不存在正面硬接這種選項。

一翻手，萬里鬆開刀柄的左手指尖，夾出一枚紙符。

眩。

刺眼白光吞沒視線，讓關倩暫時失去目標。

趁著這段寶貴的空檔，萬里往側面全力一撲，才險險避過劈面襲來的二連斬。

泥土、草屑四處飛濺，大地表面留下銳利的傷痕。

不能再讓她有連續揮出那種氣刃的餘裕，否則情況會很危險！

沒有絲毫遲疑的空間，萬里重新舉刀往馬尾女孩衝去，再度與她展開近身搏鬥。

然而，陷入狂暴狀態的關倩不旦刀法沒有變得遲鈍，力量還增加不少，幾個回合過去，萬里又馬上落於下風。

這還真是……有點尷尬。

金髮男孩一面招架著青龍偃月狂風驟雨般的攻勢，一面暗叫不妙。

原本以為能在近身戰中占據上風的自己，果然太天真了。

即使改由鐮鼬操縱身體，關倩的刀法也沒有因為意識易主而顯露半點破綻。

繼續硬碰硬對拚下去，落敗的肯定是自己。

他很快察覺到了這點。

雖然以人類標準來說，身為籃球校隊成員的萬里，體能算是相當優秀，但和妖怪比起來，還是無可避免的差了一截。舉例來說，妖化後的青雪跳躍力就比他好得多。

這就是「規格內」與「規格外」的差距。

磅鏘！！！！

金鐵相擊的震響貫穿耳膜，每次擋下當頭砍來的青龍偃月，四散流轉的細小風刃，就會在纏滿雙手的咒帶上留下刮痕。

即便如此，萬里仍舊冷靜估量著現況。

不主動打破僵持局面的話，自己恐怕會比鐮鼬先一步耗盡體力，然後被抓住破綻的青龍偃月一刀兩斷吧。

既然遠攻近戰能力都不如人，剩下的選項就只有舉手投降，或是……作弊了。

「抱歉，我要稍微耍點詐了，關倩學姐！」狂風吹襲間，萬里艱難地大喊。

某次刀刃對碰的瞬間，金髮男孩乘著慣性向後飛退，藉此拉開一段不長不短的距離。

蹲下身，用緊咬的牙關扯開手腕上纏繞的咒帶，確認雙手繃帶都鬆脫後，萬里再次架起武士刀。

剛好擋下關倩劈面揮來的斬擊。

失去塗寫「盾」字的繃帶保護，金髮男孩兩隻前臂立刻佈滿血痕，但這回合的交手，卻也讓他抓準時機，甩出左手的咒帶。

正面寫著「盾」，背面寫著「縛」。

白色布條像是擁有生命般，纏上青龍偃月的刀柄，萬里一扯之下，將關倩整個人拉了過來。

「撤手！」

武士刀沿著青龍偃月直削而下，眼看關倩再不棄械後退，雙手手指就要葬送於此，萬里肩頭卻猛然炸開一蓬血花。

「嗚噢噢噢噢噢噢噢！」馬尾女孩的雙眼爆出凶光，不再顧及自己的身體是否會受傷，全力往四面八方射出風刃。

但萬里當然不會放過這好不容易爭取到的機會，繃帶被切斷的左手探入懷中，一口氣撒出無數紙符。

「免洗咒符！」

鎖。鎖。鎖。鎖。

鎖。鎖。

鎖。鼬。鎖。

鎖。鎖。

鎖。鎖。鎖。鎖。

曾經在面對「災厄」火鳥時立下汗馬功勞的實驗性符咒，鋪天蓋地湧向關倩，將她暫時束縛在原地。

下一秒，風刃掃過。

萬里辛辛苦苦寫了半天的毛筆字，眨眼間全數化為碎紙，雪花般四處飛散。

金髮男孩一面覺得心疼，一面抓準時機衝到馬尾女孩面前。

目標仍然是讓那把麻煩的青龍偃月脫手。

肩撞、擒拿、倒轉刀柄敲打，萬里在一秒內，往關倩的雙手連續使出各種下三濫的繳械招數。

這讓從小只受過正規武術訓練的關倩完全反應不過來，手中大刀差點被擊落在地。

——很好！

萬里在心中用力握拳。

和預測的一樣，關倩果然不擅長應付白刃戰以外的局面，只要繼續往她的雙手發動攻勢，無法讀取應對模式的鐮鼬就會陷入遲疑，最後因此落敗。

理論上是這樣的。

順利用擒拿手加肘擊的組合技，撞歪關倩的右掌，萬里單手揮動武士刀，朝青龍偃月的刀柄斬去。

「咕嗚嚕嚕嚕！」非人的低吼突然從極近之處響起。

關倩在一閃身間往後疾躍，鐮鼬附身後大大增幅的腳力，讓這下飛退長達十數公尺遠，再度將距離徹底拉開。

萬里迅速掏出新的紙符，準備隨時用眩光咒做出應對。

原本以為鐮鼬會開啟新一波的風刃遙攻，沒想到馬尾女孩卻只是將青龍偃月高高舉起。

緩緩、緩緩開始旋轉。

無數細小的銳利氣流，聚集在關倩高舉的雙臂間，沉重的大刀在她指尖不斷迴旋，讓空地上方的風全都匯流過去。

那已經和所謂的「風刃」不在同個級別了。

如同小型颱風般高速旋轉的青龍偃月，甚至讓周遭空氣都變得刺臉生疼。關倩的眼角滿布腥紅，渾身上下散發出「要用這一擊決勝負」的氣勢。

「該不會……要把那個扔過來吧？」萬里的頰邊留下冷汗。

如果真是那樣，現在丟眩光咒也無濟於事了。

按照外觀判斷，那可不是能隨隨便便擋下或閃避的招式。憑自己一介凡人的身軀，只要吃上一發，肯定必死無疑。

——怎麼辦？要用「那招」來應對了嗎？但那原本是打算留做最後一手的……

正當萬里陷入糾結時，關倩身旁颳起的氣流，已經在地面留下無數細碎的刮痕，高高紮起的馬尾也隨之冉動。

接著，鐮鼬抬起雙眼。

來了！

萬里用力把武士刀往地面一插。

於此同時，青龍偃月捲起的死亡風暴，也從關倩飛甩的雙手間射出。

大刀貼著地面高速旋轉，所到之處泥土、草葉紛紛翻起，充斥耳際的轟鳴聲讓空氣隨之震動。

「金生水生木生火生土！」

瞬間輪轉一圈的五行相生，將力量注入土地中。

萬里腳邊的地面立刻塌陷，大約兩公尺見方的土表急速下沉，帶著他及時降至地平面下。

下一秒，青龍偃月捲起的死亡風暴從洞口上方呼嘯而過，將位於後方的大片樹林齊齊斬斷，細小風刃往四面逸散，讓倒下的大樹紛紛化為碎片。

只要有任何事物阻擋在面前，就用這千錘百鍊的力量將其粉碎，馬尾女孩像是在訴說這件事實般，揮出了足以破壞大片樹林的一擊。

「無論如何都想贏嗎？關倩學姐。」萬里背對遠處傳來的壯烈倒塌聲，翻身爬出洞口。

渾身沾滿塵土、草屑和鮮血，金髮男孩的模樣有些狼狽，即便如此，他的眼中仍然閃耀著強烈的意志。

木刀被遺留在土洞底部，不過已經無關緊要了，將武器排除在外後，接下來就是雙方意志力的較量。

失去青龍偃月的鐮鼬，一發現目標沒有被打倒，就抓狂似地朝萬里發起衝鋒。

「讓我告訴妳吧，關倩學姐。」萬里抽出一張大紅色的紙符，輕輕拋入空中。

一朵圓滾滾的紅雲在金髮男孩頭頂上方綻放開來。

這是用「那招」的暗號。

「比賽除了勝利外，還存在其他更重要的東西。」

「咕噢噢噢噢噢！」關倩大張雙手，朝萬里猛撲過去。

兩道妖氣從遠處揚起，配合著時機，金髮男孩蹲下身，雙手猛力按住地面。

之所以選擇這片樹林作為戰鬥場地，還有另一個理由——這個湖畔的空地，恰巧是多條地脈匯聚之處。

「地脈束縛！」

隨著萬里一聲令下，身在遠處的青雪、林筱筠一起發力，引出大地中「穩固、安定」的力量。無形繩索從地表竄出，緊緊纏住關倩的雙腿，將她硬生生拉停下來。

萬里衝了上去，右手拳頭一緊一握，甩出手臂上鬆脫的繃帶。

除了這條軟綿綿的布條外，身上已經連半張符咒都不剩了，即使如此，金髮男孩仍然沒有半點遲疑。

打從一開始，他的目的就是達成現在這個狀況。

因為真正要戰鬥的對象，不是馬尾女孩本人，甚至不是妖怪鐮鼬，而是……關倩近乎執念的求勝意志。

一進入雙方觸手可及的距離，馬尾女孩就大力揮出一記鉤拳，往萬里臉上招呼過去。

挾帶強力風切聲的拳頭破空襲來，險險擦過金髮男孩側臉。及時偏頭閃過這一擊的萬里，伸手往關倩的肩膀抓去，卻差點被從另一側展開突襲的左鉤拳逮住。

人類和妖怪陷入激烈的肉搏戰。

以近身格鬥技巧來說，當然還是萬里遠勝，但受到鐮鼬附身的關倩，在力量方面卻擁有絕對優勢，一來一往間，雙方都沒有占到太大的便宜。

不過，這正是萬里想要的結果。

「關倩學姐，請聽我說。」金髮男孩一邊拆解鐮鼬亂無章法的攻勢，一邊努力開口，卻只換來關倩從喉嚨深處發出的低吼。

「也許對學姐來說，失敗是相當不甘心、也相當可恥的事情。實際上，我直到現在還是認為，關倩學姐能擁有這麼強烈的競爭意識，真的很了不起，但是……」

無視萬里單方面拋出的話語，關倩怒吼著接連揮動雙拳，即使失去武器，她的意志卻仍能捲動氣流，颳出一道道刺人的勁風。

「除了獲勝之外，比賽還有很多種形式。」萬里一甩手，用繃帶纏住馬尾女孩的雙手，接著順勢緊抓住她的手腕，將之壓制到後頸位置。

縛。

繃帶反面塗寫的咒字順利發揮效果，把關倩不斷掙扎的力量抵消，金髮男孩順勢伸出空著的左手，緊緊按住女孩腰際，做出環抱她的姿勢。

地脈能量不斷消耗著妖氣，此消彼長間，萬里逐漸占據比拚力氣的主導權。

「咕嗚嗅嗅嗅嗅嗅嗅！」察覺自己落入圈套的鐮鼬，立刻釋放無數勁風，在萬里臉龐、肩膀、四肢留下大量血痕。

即便如此，他仍然沒有鬆手。

「其實……我們學校的籃球隊，一點也不強……」頂著從貼近處颳起的鐮鼬之風，萬里艱難地說著。

沒有招收體育保送生，沒有專業教練帶隊。

更雪上加霜的是，某個和他一起進入校隊的高一潛力新星，在不久前突然退隊休學了，這對本來就戰力吃緊的校隊來說無疑是個重大打擊。

「但是，看到關倩學姐奪冠的身姿，隊長還是說了……」

稱霸全國。

身材壯碩的籃球隊隊長，耿直、熱血地發下豪語。

明明心裡比誰都清楚，這樣的夢想有多遙不可及，他卻還是這麼說了。

因為只有這麼做，才能澆熄隊員們的不安、恐懼，以及害怕失敗的心情。

「就算再怎麼努力、再怎麼拚命贏下比賽，到最後肯定會遇到無法戰勝的對手……籃球就是這樣的運動。」萬里傷痕累累的嘴角勾起一抹微笑。

「但我們還是上場了。」

也許比起勝負，這群大孩子更享受努力訓練、制定賽前計畫，然後嘗試追逐勝利曙光的過程吧。

不管腳下的場地，是球場、泳池、跑道還是沙坑，他們肯定都始終如一。

當然，也包括那個充滿竹劍互擊聲的場館。

「關倩學姐，妳一開始也是吧？在想著要贏之前，只是單純喜歡劍道、喜歡武術而已，所以才付出這麼多心血練習。」萬里靜靜仰望天空。

「咕嗚……嗚……」

不知何時，身邊吹起的勁風已經漸漸轉小，只剩下鐮鼬的低鳴還迴盪在胸前。

與其說那是妖怪的低鳴，不如說是女孩的啜泣聲還比較恰當。但萬里知道，個性好強的關倩，肯定不會想讓其他人看到自己哭泣的臉龐，因此他始終凝望著天空。

「萬里學弟……我好喜歡……劍道……」關倩將額頭緊靠在萬里肩上，大顆大顆的淚珠不斷落下。

女孩的顫抖，從兩人緊靠的胸口傳來。

「我不想放棄……我還想……和更多人交手……」

「那就成為能從失敗中爬起的強者吧。」萬里輕聲說道，「對我來說，那比未嘗過敗績的人更加強大。」

關倩緩緩吐了口氣，被緊扣在自己後頸的手腕總算放鬆下來。

「我還有……重新站起來的資格嗎？」

「那是當然。」萬里語氣輕鬆地回答，「別忘了，關倩學姐還答應我要拿下明年的劍道大賽冠軍呢。」

「也是……」馬尾女孩忍不住輕笑出聲。

悄悄止住淚水後，她才抬起臉龐。

「高中籃球聯賽開打的時候，我會去看的，記得別輸太慘啊。」

「這……」萬里的臉上泛起一抹苦笑。「我們會努力。」

「還有，萬里學弟。」

「嗯？」

「那個……鏞鼬應該退散了吧？」

「正確來說，是陷入長時間的沉睡哦。」

「嗯，我懂了。」關倩別開目光，臉頰隱隱透出紅暈。

「那，你還要讓我維持這個姿勢到什麼時候？」

「嗚?!」萬里回過神來，才發現眼前的狀況相當不妙。

馬尾女孩的雙手手腕被咒帶捆住，以極度強調胸部的姿勢壓在後頸，僅僅纏上繃帶的兩團柔軟之物，緊貼在金髮男孩的胸膛，隨著呼吸起伏，傳來陣陣軟墊般的觸感。

乍看之下，簡直就像萬里將上身半裸的關倩強行摟在懷中一樣。

事實上也是。

「喏，你的快樂伙伴們好像不怎麼開心呢。」關倩用下巴指了指旁邊。

從遠處奔來的青雪和林筱筠，一看到眼前的景象就馬上停下腳步。

轟轟轟轟轟。

狐妖女孩手中燃起貨真價實的火焰，貓妖女孩則露出晴天霹靂的表情，當場呆在原地。

「吶，萬里學弟，如果這時候我親你一下，會發生什麼事?」

「我可能會重傷到沒辦法參加聯賽，所以拜託不要。」萬里冷靜地回答。

會造成傷害的，恐怕不是美女學姐的獻吻，而是來自某兩位妖怪的物理制裁。

「哎呀，那只好算了。」關倩有些無聊地轉過頭，讓萬里替她把手腕鬆綁。

沒有人發現，一陣隱約的微風又從女孩腳邊吹起。

尾聲

「今天到此為止，各自收操後解散！」籃球隊隊長雄渾的聲音響徹運動場。

時間是第一節上課前，球場旁的大樹下坐滿筋疲力盡的校隊球員。

不少作風豪邁的人，已經脫掉球衣、光著上身猛搧風，想多少消去晨練累積的熱氣再回教室。

雖然萬里也很想加入他們，但身為低年級生，每次練習結束都必須收拾球具，並將其歸還到體育器材室。所以他現在正頂著大太陽，把角錐、籃球等物品收進籃子。

「啊，那邊那個女生，該不會就是劍道大賽冠軍的……」

「是那個關倩嗎？」

「乾，好像是欸，讓我們訓練份量加倍的元凶。」

樹下的納涼區傳來一陣交頭接耳，讓萬里抬起頭。

沿著學長們的視線看去，一道熟悉的身影映入眼簾。

同樣也結束晨練的關倩，快步往校舍的方向走去，剛淋過浴的長髮還帶著些許溼氣，隨意用夾子固定在腦後。

和以往英氣凜然的馬尾姿態相比，女孩此時的模樣散發著居家感，讓人感覺更容易親近許多。

「那個女孩子，其實長得挺可愛的嘛。」不知道哪個人率先說出以上感想，引來球隊成員一陣附和。

「唉，我也好想交女朋友哦……」

這聲哀嘆，更是掀起一片痛心疾首的悲嚎。

萬里眺望著關倩神清氣爽的側臉，嘴角勾起一抹微笑。

他知道，妖怪鐮鼬恐怕再也不會出現了。

獨自留下來收完操，萬里推著裝滿球的籃子來到體育器材室外。一進入屋簷陰影籠罩的範圍，他就大大鬆了口氣，一屁股坐在水泥臺階上。

在歸還這些球具前，還得把整個籃子搬上臺階才行，這對剛做完雙倍份體能訓練的萬里來說，無疑是件苦差事。

暫時休息一下吧。

金髮男孩這麼想著，隨手將汗溼的瀏海向後撥。

太陽暫時被飄過的白雲遮住，投下一大片陰影，原先還悶熱不已的空氣，也在微風吹拂下變得涼爽了些，萬里閉上雙眼，享受這難得的悠閒時刻。

直到一陣冰涼的觸感從臉上傳來。

「還在偷懶啊，楊萬里。」

一睜開眼，狐妖女孩的臉龐就進入視線。

裝有冰水的寶特瓶貼在萬里臉上，盡情釋放有些過頭的涼意。

青雪似乎是拖到將近遲到的時間，才大搖大擺地走進校門，只見她肩上還背著書包，手裡也提著裝早餐的塑膠袋。

瞄了眼狐妖女孩的大腿，萬里不禁有些佩服她大熱天還堅持穿黑絲襪的忍耐力。

「這是要給我的嗎？」萬里指指貼在自己臉上的冰水瓶。

「嗯。」

「真是幫大忙了，謝謝妳，青雪同學。」口乾舌燥的金髮男孩，立刻扭開瓶蓋仰頭猛灌。

溢出的水絲從他的嘴角流下，眨眼間，瓶中的水位就降到一半以下。

「哈啊……。」確實補充水分後，萬里滿足地抹了抹嘴巴。

「一共是三百元。」

「咦？」

「開玩笑的。」青雪淡淡說道，隨手將手帕蓋在金髮男孩臉上，「那個鐮鼬女，後來怎麼了？」

「關倩學姐嗎？已經回歸劍道活動了哦，身體也沒因為暫時妖化出現什麼問題，算是一切平安吧。」萬里毫不客氣地用手帕把臉上的汗水擦乾淨，有些感慨地說道：「反而是我這邊受了不少傷，希望不要影響到比賽就好了。」

仔細一看，金髮男孩身上到處都是大大小小的傷痕，比較嚴重的幾個地方還裹上了繃帶。雖說都是些皮肉傷，但傷口多了還是免不了影響行動。

「比賽前好得了嗎？」青雪伸手戳戳萬里膝蓋上的傷痕。

「離聯賽開打還有一段時間，我想應該沒問題……對了，青雪同學。」

「？」

「怎麼突然跑來找我？發生了什麼嗎？」

面對萬里的詢問，青雪遲疑了一下才作出回答。

「不夠了。」

「什麼不夠？」金髮男孩一頭霧水。

「上次幫你啟動地脈，妖氣消耗太多，現在有點不夠了。」青雪默默撇開目光。

「啊，原來是這樣。」萬里點頭表示理解，「這次一樣由我來嗎？」

青雪搖搖頭。

「不，我來吧。」

不等萬里回答，狐妖女孩就主動向前傾身，輕輕在男孩額前印下一吻。

唇瓣僅僅停留一秒，青雪就迅速直起身。

「我先回教室了，楊萬里。」

「嗯，回頭見。」萬里目送狐妖女孩的背影離去，才若有所思地摸了摸自己的額頭。

這還是他們倆第一次用這種方式替青雪補充妖氣。

「應該……會有用吧？」

把弄髒的手帕摺好收起，萬里起身將裝有球具的籃子抬上階梯。

「嘿咻！」用肩膀撞開對開式的鐵門，金髮男孩側身進入室內。

「我看看……籃球校隊，借用籃球八顆……歸還時間……」

正當萬里專心地填寫器材借還冊時，兩道身影閃身進入體育器材室。

「找到了，筱筠姐說的籃球隊金髮帥哥。」

「哈囉，我們上次吃飯時見過面，還記得嗎？」

萬里回過頭，才發現眼前站著兩個一模一樣的女孩。

同樣的纖細身材，同樣留到肩膀上方長度的頭髮，除了兩人各自挑染了一邊瀏海外，幾乎每個外型細節都像用同個模子刻出來的。

萬里對這對雙胞胎姐妹有印象。

「我記得妳們是和筱筠學姐同社團的……」

「紀夏晴。」

「我是紀雨晴喲。」夏晴和雨晴笑著和他打招呼。

「其實，有件事情想拜託你。」

「是筱筠學姐叫我們來的。」

「聽說你是這方面的專家，所以有東西想給你看看。」

「現在有空嗎？」

紀家姐妹妳一句我一句，把萬里炸得頭昏腦脹。

「妳說，妳們是筱筠學姐介紹來的？然後有東西想讓我看？」他轉向不知道是夏晴還是雨晴的其中一個女孩，姑且先拋出問題。

雙胞胎互看了一眼，同時點點頭。

「沒錯哦。」

「不過，要在這裡看的話，得先鎖一下門。」

「鎖門？」萬里還沒搞清楚狀況，體育器材室的門就被夏晴和雨晴用力關上，接著迅速掛上門栓。

在金髮男孩的注視下，夏晴伸手解開制服襯衫的鈕釦，雨晴則鬆開制服裙的掛勾。

咦？

萬里一下子沒反應過來。

鬆軟的衣物落地聲傳入耳中，不一會，夏晴就改為褪下裙子，雨晴則開始與制服鈕釦奮鬥。

咦？？

直到兩名女孩同時解開胸衣的後扣，萬里才終於從斷線中恢復過來。

「等等——！」

——《符與青狐·中卷》完

後記

我喜歡青雪說出「性喜交配」四個字時，萬里露出的尷尬眼神。

咦，話題一下子跳得太快了嗎？

大家好我是散狐，相隔一卷又再見面，有種久違了的感覺呢。

話說，應該沒有直接看第二卷的人吧？沒有……吧？

看書直接從續集開始看的人，就跟把漢堡拆開吃的傢伙一樣不可原諒，請務必回家好好反省自己的人生究竟是哪裡出了錯。

不過，似乎也有那種先從朋友手上拿到續集、並因此入坑的人在，所以好像也不能這樣一概而論哦？

這大概就跟麵線要不要加香菜，或是薯條要沾什麼醬比較好吃一樣，已經是偏向哲學方面的問題，不是我們這些凡夫俗子能擅自做出解釋的。

順帶一提，本人是火鍋嚴禁加芋頭派的，不容反駁！

以下正題。

相較於第一卷前兩個篇章有些陰暗的調性，本書的三起事件，步調都相對輕鬆許多，希望能多少讓大家喘口氣。

作為本書開頭的狐嫁篇，繞了一個圈子，藉由妖怪的視角，反過來看人類所擁有的珍貴事物。正如青雪所說：「愛情是人類最美好的一面」，能夠自由選擇相戀的對象，為此高興、興奮、掙扎、顫抖、痛苦，都是人類握有的特權。如果人類有某樣特質是能和其他生物做出區別的，除了知性外，大概就是愛情了吧。

不像禽獸動物只為了繁衍下一代而媒合，人類更偏向於本身就「享受著彼此追求」的這個過程，也許青雪所說的「性喜交配」，也能解釋這種現象吧。

任由心中重要的情感自由翱翔，尋找那夢想的應許之地，就算有可能因此受傷、潰敗也不足為惜。

除了人類以外，恐怕沒有其他物種能完整重現這種情感。不論是好是壞，「愛情」都造就了無數或燦爛或淒美的故事，甚至在許多人的生命中，扮演著舉足輕重的角色。

這多半就是青雪所指的「專屬人類的特權」吧。

接著是玩鬧性質居多的新年篇，以及回歸探討「對勝利的執著」的鎌鼬篇。

我很喜歡關倩，總是游刃有餘的她，其實比任何人都拚命、比任何人都想贏，甚至因此招來了妖怪「鐮鼬」。

大多數人都只能仰望強者的背影，始終沒有看到他們的正臉，沒有看到他們咬牙苦撐、艱辛前行的模樣。

強烈到足以滅卻生命的意志，我想這就是那些立於世界之巔的人們，之所以強大的根源。

丟棄所有軟弱和藉口，全力燃燒，如果連這樣都贏不了，就從頭再來一次。直到連身邊的空氣都化為刀刃為止。

同樣身為運動員的萬里，多半也是因為了解這樣的心情，才刻意不去揭穿事實吧。

為了達成夢想，你會不會選擇踏出身為人的範疇呢？

本書末尾，要特別感謝三日月的編輯們，在這段對所有工作者來說都相當嚴苛的時期，還是讓青狐第二卷能順利出版，真的辛苦了。

另外，也要感謝本次依然是封面協力的雨野老師。青雪和小露兒的狐妖組合真的很讚，喜歡那種清新脫俗的氛圍，期待下卷也能繼續合作！

那麼，我是散狐，大家第三卷見了。

散狐

高寶書版集團
gobooks.com.tw

輕世代 FW359

符與青狐・中

作　　者　散　狐
繪　　者　雨　野
編　　輯　林雨欣
校　　對　薛怡冠
美術編輯　彭裕芳
排　　版　彭立瑋
企　　劃　李欣霓

發 行 人　朱凱蕾
出　　版　三日月書版股份有限公司
Printed in Taiwan
地　　址　臺北市內湖區洲子街88號3樓
網　　址　www.gobooks.com.tw
電　　話　(02) 27992788
電　　郵　readers@gobooks.com.tw（讀者服務部）
pr@gobooks.com.tw（公關諮詢部）
傳　　真　出版部　(02) 27990909　行銷部 (02) 27993088
郵政劃撥　50404557
戶　　名　三日月書版股份有限公司
發　　行　英屬維京群島商高寶國際有限公司臺灣分公司
Global Group Holdings, Ltd.
初版日期　2021年7月

國家圖書館出版品預行編目(CIP)資料

符與青狐/散狐著.-- 初版.　-- 臺北市：三日月書版股份有限公司出版：英屬維京群島商高寶國際有限公司臺灣分公司發行, 2021.07-
冊；　公分. --

ISBN 978-986-06564-1-1(中冊：平裝)

863.57　　110007910

三日月書版

GOBOOKS
& SITAK
GROUP